Vorwort

AF191900

Ich habe dieses Buch in erster Linie als therapeutische Maßnahme für mich selbst geschrieben.

Mit der Hoffnung, manche Dinge besser zu verstehen und nochmal anders zu beleuchten.

Ich habe es auch geschrieben, um ein Stück Wahrheit in die Welt zu tragen und um zu zeigen, dass auch wenn der Weg noch so schwer erscheint, oder die Kindheit echt bescheiden war,
man immer die Chance hat, eine andere Richtung einzuschlagen.

© 2023, bekannt Un
Herstellung und Verlag:
BoD – Books on Demand, Norderstedt
ISBN: 9783757845360

Ihr wollt ein spannendes Buch voller Abenteuer?
Oder eine romantische Geschichte mit Happy End? Einen richtig guten Roman? Ein Buch voller lustiger Geschichten?

Ja?
Gut, dann seit ihr hier leider falsch. Das hier, ja was wird das eigentlich? Na ja, mein irgendwie seltsames Leben, niedergeschrieben auf ein paar Seiten, um irgendwie zu versuchen, meinen Seelenmüll loszuwerden.

Ihr werdet euch danach für euer Leben bedanken glaubt mir.
Wenn ich so zurückdenke könnte mein Leben bis hierhin auch eine gute Satire sein. Mit 5 Jahren von der eigenen Schwester missbraucht, in der Schule gemobbt, ständig dabei sich auseinanderzusetzen mit sämtlichen Ängsten, im Jahr mindestens 20-mal im Krankenhaus, weil man von Krankheiten hört, die man plötzlich meint, zu haben.

Wir spielten in unserem gemeinsamen Zimmer, als sie meinte, wir sollten uns eine Höhle bauen aus unseren Matratzen das taten wir dann. Wir hingen alles mit Decken ab und machten uns unser kleines Versteck. Wir spielten erst eine Zeitlang "was ist das?" Der eine musste sich die Augen zubinden und der andere gab demjenigen ein Spielzeug in die Hand und musste das erraten. Nach einer Weile wollte sie ein anderes Spiel spielen. Das Spiel sollte so sein, dass alles, was Sie anfasste, ich auch anfassen muss. Es waren erst nur die Beine, Arme, Kopf, Gesicht und der Bauch. Anfangs fand ich das lustig, nach einer Weile fand ich es aber nicht mehr lustig. Sie fasste mich mehrmals im Intimbereich an und wollte das ich sie ebenfalls anfasste, das wollte ich aber nicht. Sie ging so weit, dass sie meine Vagina genau inspizierte, was mir die Kehle zuschnürte, ich war wie gelähmt.

Nach der ganzen Aktion musste ich ihr versprechen unserer Mutter nichts davon zu erzählen.

Bei allen hatte sie Narrenfreiheit und das tat ihrem Ego nicht gut, die Nachwehen davon spürt man heute noch.

Versteht mich nicht falsch ich hab sie wirklich gern nur eben auf eine besondere Art. Aber es wäre nicht meine Schwester, wenn sie nicht aus allem ihren Vorteil ziehen würde. So auch nach meiner Geburt. Sie dachte sich wohl, wenn ich mir den Thron schon teilen muss dann will ich auch was davon haben. Ich wurde wie ihre Puppe behandelt. Sie zerrte mich überall mit hin, wickelte mich, gab mir die Flasche und ließ mich wahrscheinlich auch das ein oder andere Mal aus Versehen fallen. So war es für sie wohl auch selbstverständlich, dass ich herhalten musste, um ihre Sexualität auszuprobieren.

Ich war ca. 5 Jahre alt, als sie mit ihren 10 Jahren neugierig auf ihren Körper wurde.

Meine Oma war toll, sie war mein Vorbild. Da ich ein sehr ängstliches Kind war, das alles hinterfragte, war es toll so eine lebensfrohe und mutige Oma zu haben. Noch im Alter von 75 Jahren ging sie zum Bedienen ins Wirtshaus, einfach, weil es ihr Spaß machte, sie liebte ihr Leben, ihre Familie, ihre Arbeit und unter vielen Menschen zu sein.

Meine Eltern hatten in meiner Kindheit eine klassische Rollenverteilung. Mein Vater ging arbeiten und meine Mutter war zuhause bei meiner Schwester und mir. Ich kann mich an nicht mehr viel aus meiner Kindheit erinnern, nur, dass ich es meinen Eltern echt nicht leicht gemacht habe. Das könnte aber auch damit zusammenhängen, dass es mir meine Schwester nicht unbedingt leicht gemacht hat, bis heute übrigens. Sie war 5 Jahre alt als ich, das kleine Monster zur Welt kam und ihre heile Welt zerstörte. Bis dahin erzählten mir und erzählen mir immer noch meine Eltern und meine Tanten das Sie die Prinzessin der Familie war.

Meine Großmutter war im Erdgeschoss (Es war nebenbei bemerkt die beste Oma, die man sich wünschen konnte). Ihre Wohnung war genauso groß, nur dass sie anstatt dem Kinderzimmer ein wunderschönes Esszimmer hatte mit toller, großer Glasfront die in den Garten zeigte. Dort konnte ich Stunden lang sitzen und einfach rausschauen. Generell war ich gerne bei meiner Oma.

Sie war wohl der großzügigste und liebste Mensch auf der ganzen Welt. Auch wenn sie eigentlich keine Zeit hatte oder beschäftigt war spielte sie mit mir und nahm sich Zeit für mich, am liebsten lauschte ich den Geschichten von ihrer ursprünglichen Heimat und wie es damals war vertrieben zu werden. Das war für mich eine ganz besondere Zeit, denn meine Oma erzählte die Geschichten nie traurig oder schlimm, sie erzählte es wie ein Abenteuer lachte viel und schwelgte in Erinnerungen.

Heute weiß ich wie es wirklich gewesen sein muss.

Aufgewachsen bin ich am Rande eines kleinen Dorfes. Unser Häuschen stand am Waldrand in einer Sackgasse. Das Haus war aufgeteilt in 2 abgetrennte Wohnungen allerdings mit nur einer Haustüre, ich lebte mit meiner Schwester und meinen Eltern im Obergeschoss. Der Sommer war jedes Jahr unerträglich, in der Nacht drückte die Hitze vom ungedämmten Dachboden herunter und man fühlte sich wie in einer Sauna.

Wobei ich sagen muss, ich mochte unsere Wohnung, sie war zwar klein für 4 Leute also sehr klein mit 50qm, aber irgendwie sehr gemütlich. Sie hatte ein Bad, eine Küche, ein Wohnzimmer, ein Schlafzimmer und ein Kinderzimmer, das ich mir mit meiner 5 Jahre älteren Schwester teilen musste.

Die Wohnung hatte Charme mit den ganzen Dachschrägen und der Holzverkleidung fühlte ich mich immer geborgen und beschützt.
Als Kind sieht man die Welt eben noch mit anderen Augen.

Dr. Google machte die Hysterie nicht besser. Denn Übelkeit, Schwindel und Bauchschmerzen passen als Symptome zu fast allen Krankheiten, die es so gibt.

Dann gibt's da noch bescheuerte Ex-Freunde und Ex-Mann, sowie Freunde, die einen nur ausnehmen und echt viel Kraft kosten aber man kann nicht nein sagen. Hab ich was vergessen?

Ach ja eine sehr, sehr über fürsorgliche Mutter, die einen in sämtlichen Ängsten bestärkt. Nicht falsch verstehen, ich liebe meine Mutter über Alles, nur das hat meine Ticks nicht gerade besser gemacht.

Dann wäre da noch die Sache mit dem Schwanger werden und schwanger bleiben, ständiger Berufswechsel und Fortbildungen in allen Richtungen, denn es ist immer, ja immer der „richtige" Job. Aber der Reihe nach.

Sie war mein Vorbild, natürlich hielt ich mich daran.

Aber ab dem Tag war alles anders. Man muss dazusagen sie war sehr frühreif und sehr dominant und bestimmend in ihrem Verhalten. Jetzt könnte man sagen das Kind ist 10, sie wusste nicht, was sie da tat, aber ich glaube schon das sie ganz genau wusste, was sie da tat. Ab dieser Minute, als ich vom Zimmer rauskam, und zu meiner Mama in den Arm lief, wollte ich keine Minute mehr alleine mit ihr sein.

Ich fing an schlecht zu schlafen. Oft musste meine Mutter mit mir im Wohnzimmer auf der Couch schlafen. Ich hatte oft Bauchschmerzen, fühlte mich unwohl, bekam Angst vor allem Fremden und vor allen Fremden Menschen. Meine Eltern wussten nicht wieso ich so zurückhaltend wurde, ich konnte es nicht benennen, mit ihnen nicht darüber reden ich war 5.

Ich wusste selbst nicht was mit mir geschah. In diesem Jahr sollte ich noch für ein Jahr in den Kindergarten gehen bevor ich dann mit 6 eingeschult werden sollte. Doch was soll ich sagen, ich schrie, ich brüllte, hatte Bauchschmerzen, jeden Tag, tat was anderes weh oder mir war schlecht. Meine Mutter und meine Erzieherinnen waren am Verzweifeln. Nach ein paar Monaten wurde beschlossen, dass ich zu einem Kinderpsychologen gehen sollte, denn irgendwas stimmte ja nicht mit mir.

Und schließlich sollte ich bis zur Einschulung wieder normal sein. Einmal wöchentlich ging ich nun zu meiner Psychologin um herauszufinden was mit mir nicht stimmte. Eigentlich kann ich mich nur daran erinnern, dass ich alleine mit irgendwelchen komischen Puppen spielte und sie neben mir am Tisch saß und mir zusah. Ich kam mir komisch vor, ich traute mich gar nicht irgendwas zu machen, sie schaute mich immer so prüfend an, und sobald ich einen Spielzug machte, schrieb sie etwas auf. Aber gut, wer ständig mit psychisch Kranken zu tun hat, der bekommt wahrscheinlich irgendwann selbst einen Knacks weg. Nach einem halben Jahr, ging es zum Vorgespräch in die Schule um über meine Entwicklung zu sprechen und ob ich schon so weit sei.

Bis heute verstehe ich nicht, wieso ich als Kind da unbedingt dabei sein musste. Man sitzt nur da und hört zu wie über einen geurteilt wird. Macht das nicht mit euren Kindern, ohne Witz. Da kann man als Kind nur einen Schaden kriegen. So war es dann auch, als ob die eine Macke nicht schon gereicht hätte, wurde vom Direktor die Einschätzung getroffen, ich wäre geistig unterentwickelt und müsse ein Jahr zurückgestuft werden. Im Nächsten Jahr wäre ich schließlich schon 7, da sollte meine geistige Entwicklung ja dann doch schon so weit sein um auch im Unterricht mitzukommen. Ich meine Hallo? Ich war nur schüchtern und redete nicht ununterbrochen, ich war nicht dumm und meine Ohren funktionierten auch ganz gut.

Meine Mutter musste mich also noch ein Jahr zuhause durchbringen. Ich immer an ihrem Rockzipfel hängend, wich ihr keine Minute von der Seite.

Im Nachhinein betrachtet hätte ich mich wohl selbst ins Heim gebracht, aber irgendwie scheint die Liebe einer Mutter doch über wirklich vieles hinwegzusehen. Heute glaube ich, sie hatte einfach die Hoffnung, dass ich doch irgendwann anders werde. Ja man soll ja bekanntlich immer positiv denken und an Wunder glauben, das tat meine Mutter scheinbar.

Heute bewundere ich sie für ihre Geduld und ihre Nerven, die sie mit uns gehabt haben muss. Was soll ich sagen, das Jahr verging und meine Eltern schleppten mich von einem Arzt zum Nächsten, zu Heilpraktikern, Wunderheilern, Kräuterfeen, Psychologen. Denn die Psychologin, bei der ich in Behandlung war, hörte mit Kindern auf.
Lag es an mir? Vielleicht.

Vielleicht musste sie aber auch feststellen, dass sie erst mal selbst Hilfe braucht. Wer weiß das schon? Jeder versprach meinen Eltern zu helfen, dass ihr Kind wieder normal wird. Was soll man sagen, einen Versuch war es wert, gebracht hat es allerdings eher weniger. Im Gegenteil, nach jeder erfolgversprechenden Behandlung waren meine Eltern und auch ich enttäuschter, dass ich noch nicht geheilt war. Irgendwann kam meine Mutter auf die Idee, mich zu einem Reiterhof zu bringen.

Ich mochte Pferde.

Unsere Nachbarin hatte damals welche, die wir besuchen und streicheln durften und nachdem es mir dort immer gut gegangen war, sollte ich nun reiten lernen. Der Reitstall war klasse. Er lag ganz alleine in einem kleinen Tal umringt von Wiesen und Wald. Es war ein mords Saustall, aber als Kind stört einen das nicht, im Gegenteil es gab so viel zu sehen und entdecken.

Die Pferde und Ponys waren alle brav und ich hatte schnell gelernt was wichtig war. Die Reitstallbesitzerin hatte eine Tochter in meinem Alter, die es mir wirklich leicht machte sie zu mögen. Der Reitstall war meine kleine, heile Welt.

Die Pferde gaben mir ein Gefühl in Ordnung zu sein so wie ich bin, zumindest kann ich das heute so interpretieren, damals fühlte ich mich einfach richtig und zuhause. Es machte Spaß, dort drehte es sich nicht um meine aufgedrehte laute Schwester oder um irgendwelche Probleme mit mir, dort ging es nur um den Spaß. Nach einer Weile fing meine Mutter auch wieder an zu reiten. Das war toll. Nur meine Mutter und ich, Spaß, Pferde, weit weg von sämtlichen Problemen und weg von meiner Schwester.

Das war einfach unsere Zeit. Wir machten Ausritte und hatten eine Menge Spaß mit den anderen Kindern und Müttern.

Bis, ja bis meine Schwester eifersüchtig wurde und auch unbedingt Reitstunden haben wollte. Natürlich wie sollte es auch anders sein.

Wir wechselten wegen Ihr den Reitstall. Dort war es vornehmer und gar nicht mehr meine Welt, aber die Ihre und das war wichtig. Dort merkte ich von Reitstunde zu Reitstunde, dass es mir irgendwie jedes Mal schlecht ging. Mir war schwindelig, übel, hatte Bauchschmerzen und ich musste Reitstunden absagen. Als ich aufhörte, hörte meine Schwester auch auf. Wie sollte es auch anders sein?

Der Tag kam und ich wurde eingeschult. Ich war mittlerweile sieben Jahre alt und es ging mir einfach mies. Die ganze Zeit musste ich weinen, mir war wiedermal schlecht und ich hatte einfach nur Magenschmerzen, aber da musste ich jetzt wohl durch.
Ein Nachbarmädchen ging in meine Klasse. Sie war ganz anders als ich, selbstbewusst, stark und klar in dem was sie wollte. Sie war einfach klasse, so wollte ich immer sein.

Sie hatte so viele Freunde, jeder mochte sie. Wahrscheinlich nicht nur weil ihre Eltern eine Firma hatten, sondern weil sie einfach so war wie sie war. Sie war zwar ein Jahr jünger als ich aber gefühlt fünf Jahre älter. Sie wusste sich zu benehmen, lies sich aber von niemanden was gefallen. Zu der Zeit war sie meine beste Freundin, zumindest habe ich sie dazu erklärt. Ich glaube, sie mochte mich auch ganz gern. Zumindest hielt sie es mit mir aus.

Sie nahm mich im Übrigen am Tag meiner Einschulung auch mit den Worten :„ja mein Gott, ich sitz neben dir, aber hör auf zu weinen" an die Hand und mit an unseren Tisch. Sie musste mich wohl sehr mögen.

Die Tage vergingen aber es wurde nicht besser, mir war täglich schlecht oder schwindelig, ich hatte Bauchschmerzen und musste meistens vor Schulschluss abgeholt werden. Das ging so weit, dass ich irgendwann von der Schule abhaute.

Fußweg von der Schule nach Hause waren zwar nur 500m Luftlinie aber dazwischen lag eine viel befahrene Straße.

Ihr könnt euch also denken, dass meine Eltern und meine Oma nicht besonders begeistert waren, als ich um halb 10 Uhr morgens plötzlich vor unserer Haustüre stand. Ich glaube spätestens da wurde meinen Eltern bewusst, dass ich nicht nur einfach oft Bauschmerzen hatte, sondern das mehr dahinter steckte. Die Prozedur ging wieder von vorne los.

Krankenhäuser, Ärzte, Heilpraktiker, Wunderheiler, Psychologen und Psychiater. Die Zeit verging, ich war permanent Zuhause. Im Nu war das erste Schuljahr vorbei. Das zweite Schuljahr begann ganz gut, selbe Schule, selbe Mitschüler und die Sommerferien dazwischen. Neuanfang. Das ging 2 oder 3 Wochen wirklich gut. Bis sich zwei Jungs aus meiner Klasse einen Spaß erlaubten. Ich saß auf der Toilette, als die zwei kamen und die Türe aufrissen, mich auslachten und wieder wegliefen.
Ab dem Tag war für mich das Thema Schule durch. Bauchschmerzen, Übelkeit, Schwindel,

Angst- und Panikattacken. Zu der Zeit wurde langsam das Jugendamt aufmerksam, weil ich so viele Fehltage hatte.

Die Ursachenforschung ging nun wieder weiter, allerdings diesmal mit Fachidioten vom Jugendamt die ihre ganz eigene Theorie zu mir aufstellten, meine Mutter müsse strenger werden, zur Not auch mal körperlich denn eigentlich fehlte mir nichts, ich würde ihr die Symptome nur vorspielen. Im Übrigen, noch heute Danke an die wundervolle Diagnose ihr Arschlöcher!

Meine Eltern, die eh schon mehr als verzweifelt waren, denn es müsse ja an ihnen liegen, wieso ich so komisch sei, nun noch verzweifelter.

Unsere lieben Nachbarn sowie Freunde, Verwandte und Bekannte hatten auch nichts Besseres zu tun, als sie ständig darauf hinzuweisen, dass es ja nicht angehen könne und ich in die Schule muss.

Ja es waren zu der Zeit wirklich, wirklich viele schlaue Menschen in unserem Umfeld, die es mit meinen Eltern und mir ja nur gut meinten.

Meine Eltern sahen zu dem Zeitpunkt nur eine Lösung, es muss was getan werden damit das Kind wieder fröhlich wird und was hatte mich schon mal so weit gebracht wie nichts anderes? Richtig. Pferde.
Da meine Mutter allerdings auch wieder reiten wollte, beschloss sie, ein eigenes Pferd zu kaufen.

Sie suchte erst einen Stall bei uns in der Nähe, den sie dann auch schnell fand.

Der Stall war ein Paradies, alleine die Lage war ein Traum. Um zu dem Pferdestall zu kommen fuhr man auf einer langen Kiesstraße durch einen Wald wo dann auf einer Anhöhe der wunderschöne Hof war, umringt von Wald und Wiesen, eine wahre Idylle. Dort gab es alles, was das kleine und große Reiterherz begehrte. Große helle Boxen sowie

Offenställe, einen Reitplatz, Reithalle, ein Roundpen, sowie ein wunderschönes Ausreitgelände. Die Pferde waren den ganzen Tag draußen in großen Herden. Für uns Zweibeiner gab es ein beheiztes Stüberl, in dem regelmäßig gemütliche Abende stattfanden.

Viele andere Kinder und wirklich immer jemanden, der für einen Zeit hatte. Nach ein paar Wochen kam dann auch meine Schwester regelmäßig mit an den Stall, aber das störte mich nicht, denn ich hatte mich mit einem Mädchen in meinem Alter angefreundet, mit dem ich mich immer verkrümelte, um Geheimnisse auszutauschen und Blödsinn auszuhecken. Es dauert nicht lange und wir beide waren unzertrennlich, beste Freundinnen.

Sie ist übrigens noch heute in meinem Leben. 23 Jahre später, das hat schon was.

Aber das alles half nichts, meine Bauchschmerzen sowie die anderen Symptome blieben während der Schulzeit bestehen. Mittlerweile war ich fast 8 Jahre alt, das erste Halbjahr der zweiten Klasse verging und das Jugendamt beschloss, dass ich stationär in eine psychosomatische Kinderklinik musste. Der Anfang war echt hart. Es war eine halb offene Station, sprich die Station war abgesperrt, man durfte nur raus, wenn man „Freigang" hatte und den musste man sich erst verdienen.

Dort angekommen, war für mich eigentlich eins, klar ich will wieder raus und das so schnell wie möglich. Die ersten Tage verbrachte ich viel mit Weinen und hysterischen Anfällen, bis ich merkte das gab mir immer weniger Freiheiten. Ich durfte nicht mal ohne Betreuer in die interne Schule auf der anderen Straßenseite gehen, weil sie Angst hatten, dass ich abhauen würde. Also musste eine Strategie her. Eine Weile beobachtete ich die anderen Kinder vor allem die, die täglich raus durften und bemerkte schnell umso mehr ich mich zusammenreißen würde und auch mithelfen würde umso schneller würde ich hier rauskommen.

Also unterdrückte ich all die Wut, die Ängste und die Verzweiflung und legte ein 1A Verhalten an den Tag. Selbst den Psychologen erzählte ich bei den Gesprächen wie gut es mir ging und wie toll es hier war. Sie glaubten mir scheinbar, denn nach 3 Wochen bekam ich den ersten Freigang, nicht lange aber immerhin 15 Minuten mit den anderen Kindern an die Frische Luft.

Nicht weit von der Klinik entfernt war ein großer Fluss mit einem Radweg daneben. Schnell wurde eine kleine, seichte Stelle am Ufer mein Lieblingsplatz.

Ich benahm mich weiter Vorbildhaft und genoss es immer mehr Freizeit zu bekommen. Nach weiteren 3 Wochen war ich bei 2,5 Stunden Freigang täglich angekommen. Und das reichte für meinen Plan.

Ich wollte eben nicht noch ein halbes Jahr hier bleiben, das Jugendamt plante nämlich einen Aufenthalt von 6 bis 8 Monaten für mich.

Es war ein Mittwochnachmittag ich ging mit einem anderen Mädchen der Station in die Stadt zu einem großen Parkplatz. Dort machte ich mit ihr aus, dass ich zu dem großen Kreisverkehr ging, um nach Hause zu Trampen.

Ich suchte mir die Ausfahrt die in die nächste Stadt ging, die ich kannte und streckte meinen Daumen raus.

Es dauerte nicht lange, da hielt ein Lila Milka Smart mit einer jungen Frau drinnen an.
Sie lächelte mich an und meinte, wo ich denn hin will. Ich sagte ihr den Namen meines Wohnortes und dann ging es los.
Heute weiß ich, diese Frau haben wohl meine Schutzengel zu mir geschickt, wenn ich darüber nachdenke, was mir hätte passieren können wird mir ganz schlecht.

Als wir losgefahren sind fragte sie, was mich dazu bringen würde zu Trampen und ob mir denn nicht klar sei welche Gefahren das mit sich bringt.

Die Fahrt dauerte insgesamt eine gute Stunde. In der Zeit erzählte ich ihr von dem Aufenthalt in der Klinik den Angst- und Panikattacken und dass ich einfach nur nach Hause will. Sie hörte mir aufmerksam zu, aber sagte nichts dazu. Das war mir ganz recht, ich hatte nämlich schon Angst vor der Reaktion meiner Eltern, die würde sicher nicht so nett ausfallen. Aber sie erzählte mir, dass sie mal als Kind von Zuhause weggelaufen ist und auch Trampen wollte.

Bei ihr ging es nicht so glimpflich aus. Sie geriet an einen Mann und merkte schnell, dass er anderes im Sinn hatte, als ihr zu helfen. Aber sie war klug und mutig. Während der Fahrt riss sie die Autotür auf, so dass er stehen bleiben musste. Sie stieg aus und rannte weg.

Keine Ahnung, ob sie mir die Geschichte nur erzählte damit ich so etwas nicht mehr machen würde, oder ob sie das wirklich erlebt hat. Auf jeden Fall löste es in mir etwas aus und vor allem wusste ich, ich hatte gerade jede Menge Glück und werde sicher nie wieder Trampen. Die junge Frau brachte mich auf meinen Wunsch zu unserem Stall zu den Pferden.

Als Erstes wollte ich zu meinem Pony bevor Zuhause das große Donnerwetter drohte. Dort angekommen war meine Mutter allerdings schon da, zumindest ihr Auto. Die Stallchefin hat mich aus dem Auto steigen sehen und nahm mich erst mal mit in das gemütliche Reiterstüberl um mit mir zu sprechen. Ich erzählte ihr, was ich getan habe und musste schrecklich weinen. Als meine Mutter von ihrem Ausritt wieder kam und mich sah, war sie erst mal fassungslos und fragte mich was ich hier machen würde. Nach einer Standpauke und langem Hin und Her sind wir schließlich nach Hause gefahren, wo mein

Vater bereits von der Arbeit Zuhause war und auf meine Mutter wartete. Wir setzten uns an den Tisch und redeten darüber. Letztendlich ging es ganz gut aus.

Ich habe meinen Fehler eingesehen und wir sind am gleichen Abend wieder zurück in die Klinik gefahren. Dort angekommen wurde mir bewusst, dass ich nicht davon laufen kann. Ich muss mich wohl damit abfinden, eine Zeitlang hier zu bleiben.

Meine Freiheiten waren natürlich wieder gestrichen, aber das machte mir irgendwie nichts aus.
Die Tage vergingen und ich merkte, dass es sich irgendwie langsam ganz gut anfühlte. Es bereitete mir Freude mit den anderen Kinder zu spielen und auch die Therapiestunden machten mir mittlerweile Spaß. Ich merkte wie ich immer mutiger wurde und die Bauchschmerzen langsam vergingen. Der Freigang kam zurück und ich nutzte meine Zeit diesmal, um die Gegend zu erkunden.

In der Nähe des Flusses fand ich einen Reiterhof. Dieser wurde mit meiner Freundin aus der Klinik nun mein neuer Lieblingsplatz.

Nach 4 Monaten wurde ich als Geheilt entlassen. Zuhause musste ich nun beweisen, dass es mir wirklich besser ging und versuchte es wieder mit der Schule.

Das ging eine Zeitlang gut, doch irgendwann fing es wieder an, Angst und Panik, die Geschichte wiederholte sich. Diesmal beschloss das Jugendamt allerdings mich nicht mehr in eine Klinik zu stecken, sondern in eine Einrichtung für schwererziehbare Kinder. Das Heim, sowie der Innenhof und die dazugehörigen Gebäude wie die Schule die Kirche und Turnhalle, waren umzäunt von einem großen Eisenzaun gesichert mit Alarmanlage. Die Einfahrt war ein großes Tor mit Sprechanlage, das täglich während des Unterrichts von acht bis halb 10 offen stand um Lieferungen sowie das Mittagessen zu empfangen.

In dem Heim führte man noch strenges Regiment.

Ordensschwestern sollten uns Schwererziehbare wieder auf den richtigen Weg schicken. Allerdings spürte ich am ersten Abend bereits, welche Erziehungsmethoden hier herrschten. Da ich ziemlich viel Angst und Bauchschmerzen schon bei der Ankunft hatte, wollte ich am ersten Abend noch nicht gleich auspacken, sondern erst am nächsten Tag. Das passte den Ordensschwestern gar nicht in deren System, also wurde ich in einen kleinen Raum eingesperrt bis zum Abendessen, um zu lernen wie es ist, sich nicht an Regeln zu halten. In dem Raum fasste ich den Entschluss, dass ich hier weg gehe.

Mittlerweile war ich auch schon 9 Jahre alt. Ich dachte mir, gut Trampen werde ich nicht mehr, aber irgendwie komme ich hier raus. Als ich aus der Kammer freigelassen wurde, dachte ich nur daran unauffällig zu sein und alles brav mitzumachen.

Sie durften ja keinen Verdacht schöpfen. Ich ging also zu allen Gebetsstunden mit und war in meinem Benehmen vorbildlich, ich schaute mir die Schule genau an und bemerkte zu welchen Zeiten das große Tor offen Stand. Zwischen 8 und halb 10 jeden Tag. Zu der Zeit waren die Ordensschwestern auch beschäftigt mit der Hausarbeit und anderen Dingen.

Um 9 kam der Essenslieferant und war um viertel nach 9 weg, das Tor wurde um halb 10 pünktlich zur Pause geschlossen, in den 10 Minuten war niemand draußen unterwegs, das war meine Chance.

Auf der Toilette bestellte ich mit meinem Handy, das ich heimlich dabei hatte ein Taxi für den nächsten Tag um genau 9:20Uhr auf den Innenhof. Am nächsten Morgen ging ich um 9.15 Uhr auf die Toilette und schaute aus dem Fenster, bis das Taxi kam. Pünktlich waren sie, das musste ich zugeben. Also raus aus dem Fenster rein ins Taxi und los geht's, dachte ich, aber der Taxifahrer brauchte bei

Kindern erst noch das Einverständnis eines Erziehungsberechtigten.

Meine Eltern waren in der Arbeit, also riefich meine Oma an. Ich sagte :„Oma, ich komme jetzt nach Hause. Sagst du bitte dem Fahrer, dass es in Ordnung ist?" Meine Oma war so überrascht, dass sie natürlich ja sagte und dann ging's wirklich los. Ich weiß noch, als wir Zuhause ankamen. Meine Oma bezahlte den Taxifahrer und schwieg mich erst mal an.
Irgendwann fing sie an zu reden und meinte nur sie wisse nicht, wie sie das meinen Eltern erklären würde. Der Tag verging und meine Eltern kamen von der Arbeit heim. Dass sie nicht sonderlich glücklich waren, mich unter diesen Umständen zu sehen war klar.
Gottseidank glaubten sie mir, was dort in diesem Heim geschah und auch das, was ich ihnen von den anderen Kindern erzählte die regelmäßig auch Ohrfeigen bekamen, eingesperrt wurden oder ihnen das Essen verweigert wurde, wenn sie nicht gehorsam waren.

Dafür bin ich heute noch sehr dankbar, dass meine Eltern mich nicht als Geschichtenerzähler oder Lügner abstempelten sondern mich ernst nahmen und mir vertrauten.

In dieses Heim musste ich nicht mehr zurück und das Jugendamt kümmerte sich um die Einrichtung, ich weiß gar nicht, ob sie heute noch existiert.

Ich hoffe jedenfalls nicht. Was soll ich sagen, die Zeit verging ich wurde älter und die Schuljahre vergingen auch. Ich war immer mal wieder in der psychosomatischen Kinderklinik und dann wieder ein paar Monate Zuhause.

Das ging so bis zur fünften Klasse.

Die verbrachte ich im ersten Halbjahr in der Klinik und fürs zweite Halbjahr hat mir das Jugendamt in München einen Platz in einer betreuten Wohneinrichtung zugeteilt.

Die Einrichtung bestand aus einem freien Konzept. Es war eine betreute Wohngemeinschaft mit insgesamt 7 Kindern und Jugendlichen und immer einem Betreuer vor Ort.

Es war ein ganz normales Haus, jeder hatte sein Schlafzimmer. Es gab eine Gemeinschaftsküche, einen Essbereich und ein Wohnzimmer. Wir hatten einen Wochenplan an den wir uns halten mussten und an die Ruhezeit am Abend. Ansonsten mussten wir für uns selbst sorgen. Wir kochten täglich zusammen, machten den Haushalt und unsere Schularbeiten, danach war Freizeit. Die Betreuer waren nur zuständig für uns um zu schauen ob wir alles richtig machten und um uns zu helfen, wenn wir Hilfe benötigten.
Aber Arzttermine, Freizeitgestaltung, Einkaufen, das Haus sauber halten etc. das mussten wir alleine machen. Das tat echt gut. Ich lernte mit 11 Jahren selbstständig zu sein, mit Geld umzugehen und sich an Absprachen zu halten, den Umgang in einer Gemeinschaft

und jeden so zu nehmen wie er ist und gleichzeitig auch wie es sich anfühlt Vertrauen entgegen gebracht zu bekommen.

Wir hatten einmal in der Woche Therapie und alle 4 Wochen Therapie mit meinen Eltern zusammen, um zu besprechen, welche Fortschritte ich bereits gemacht habe und was sich bereits alles getan hat.

Die WG tat mir echt gut, mir ging es so gut wie schon wirklich lange nicht mehr. Ich ging dort gerne in die Schule und hatte viele Freunde. Wir waren täglich draußen, ich habe Skaten gelernt und wurde immer mutiger.

Die Mädels in der WG haben mir echt gutgetan. Ich entwickelte Selbstbewusstsein und wurde mir meiner bewusst.

Meinen 12 Geburtstag gerade hinter mich gebracht, brachte ein Mädchen aus der WG einen Kumpel mit, er gefiel mir, er war bereits 16 und machte mir schöne Augen. Meine Hormone fingen gerade an durchzudrehen und ich steckte in der Pubertät.

Zu meiner Frühreife kam meine sexuell gestörte Wahrnehmung dank meiner Schwester hinzu und das Drama konnte eigentlich nur noch seinen Lauf nehmen. Der 16-jährige Bursche hatte im Nachhinein völlig einen an der Klatsche, sich mit einem so jungen Mädel einzulassen aber gut. Ich war schwer verliebt, er erzählte mir täglich wie sehr er mich doch liebte und wie toll ich wäre und die aller Einzige die es je für ihn geben würde.

Ja das hört sich wirklich blöd an aber ich war 12 und fühlte mich Erwachsen. Ich dachte mir gehört die Welt und jeder müsse auf mich aufpassen.

Vielleicht wirkten irgendwelche Komplexe mit, vielleicht war es auch ein Stück weit normal in diesem Alter, ich weiß es nicht. Aber es kam der Tag, nachdem er mir Wochenlang eingeredet hatte, dass er mich liebt, aber ich ihn nur, wenn ich es ihm auch beweisen würde.

Er war ein manipulatives Arschloch, aber das wusste ich erst im Nachhinein. Er redete mir ein, dass ich nur eine Frau werden würde, wenn ich mit ihm Sex hätte. Irgendwann wollte er mit mir Schluss machen, denn er könnte nicht glauben, dass ich ihn liebe, ohne jetzt mit ihm zu schlafen.

Und ja ich war wirklich dumm. Aber ich tat es. Und fühlte mich grauenvoll dabei. Aber ich liebte ihn, was sollte ich tun. Ab dem Tag war wieder nichts mehr wie es war. Er wollte es immer wieder und ich tat es immer wieder. Er erzählte mir er würde mich von Mal zu Mal mehr lieben und es gäbe niemals mehr eine andere für ihn. Er manipulierte mich so, dass ich mit meinen Eltern nicht mehr viel sprach, weil er mir einredete, dass sie nur Schlechtes für mich wollten und unserer Liebe im Weg stehen würden.

Heute weiß ich, sie wollten mich nur beschützen.

Ich war mittlerweile in der 7. Klasse und es war Halbjahr. Mein Entlassungstag stand an, doch freuen konnte ich mich nicht, denn ich wusste es würde sich alles verändern.

Mit meiner rosaroten Brille durfte ich nun wieder zurück zu meiner Familie ziehen.
Dort ging ich auf die Hauptschule im Nachbarort. Ich schloss schnell Freundschaften und die Schule machte mir eigentlich auch Spaß, ich lernte ein Mädchen aus meinem Ort kennen, die allerdings in die 8 Klasse ging, die wirklich, wirklich sehr nett zu mir war.

Wir schlossen schnell Freundschaft und langsam ging das Verhältnis zu meinem ersten Freund in die Brüche, ich merkte wie ich mich immer unwohler fühlte und dass er eigentlich gar nicht mehr zu mir passte.

Auch das ständige mit ihm schlafen müssen fühlte sich immer nur noch schlechter an.

Meine allerbeste Freundin aus dem Stall begleitet mich auch in diesem Schritt und ich trennte mich schließlich von ihm. Zu dem Zeitpunkt wusste ich noch nicht, welchen Knacks dieser Kerl und seine Manipulationen angerichtet haben.

Meine Freizeit bestand darin, auf Spielplätzen mit meiner Freundin aus der 8. Klasse abzuhängen und über Jungs zu schwärmen (aus unserer Schule), sowie im Stall zu sein und dort mit meiner besten Freundin über Pferde zu sprechen und über Jungs aus ihrer Stadt.

Irgendwann lernte ich in meinem Dorf einen Jungen kennen, mit dem ich schnell zusammenkam. In meinem Kopf war von meinem ersten Freund die Prägung, sich schnell körperlich hinzugeben, denn nur dann würde ein Junge einen wirklich Wertschätzen. Es kam zwar nicht zum äußersten, aber es verging kein Tag wo wir nicht irgendwo küssend rumlagen.

Nach ein paar Wochen war schon Schluss und der nächste Freund kam.

Einer aus der 8.Klasse, ein Klassenkamerad meiner Schulfreundin. Der blieb nicht lange, denn meine „Freundin" erzählte ihm, dass ich leicht zu haben wäre. Das wollte er nicht also war Schluss. Dass sie so gehetzt hatte wusste ich nicht, aber ich sollte ihre intrigante Art bald zu spüren bekommen. Scheinbar war sie verliebt in mich und wollte mich für sich alleine haben. Das kam aber erst ein paar Jahre später auf. Ich lernte auf einem Volksfest einen 17-jährigen Typen kennen, der Bruder eines Klassenkameraden, Anführer einer Clique die aus 8.- und 9.- Klässlern bestand, sowie auch etlichen die schon in die Lehre gingen.

Sie waren für mich super cool, denn mein neuer Freund hatte einen Roller und holte mich regelmäßig ab. Bald war ich eine der beliebtesten in der Gruppe, schließlich war ich die Freundin vom Big Cheef.

Mein Ego platze und ich war auf jeder coolen Party eingeladen. Wir hingen immer in einer Gruppe ab. Doch auch ihm musste ich beweisen wie sehr ich ihn liebte aber das kannte ich ja schon, Sex wurde für mich mit 13 so normal wie Essen. In meinem Kopf war klar, ich werde sicher nicht verlassen, wenn ich mit ihm schlafen würde und werde geliebt.

Ich war in einem Ausnahmezustand.

Ich dachte mal wieder die Welt gehört mir und alle würden mich lieben. Dass im Hintergrund aber bereits die ersten Intrigen gegen mich liefen, wusste ich nicht. Aber auch der Tag kam, als er mit mir Schluss machte, mit der Begründung ich wäre ihm dann doch zu jung. Zu der Zeit verliebte ich mich recht schnell, ich weiß gar nicht, ob das vielen Mädchen mit Minderwertigkeitskomplexen so geht, aber ich schiebe es einfach mal darauf. Da ich zu der Zeit auch einen ausgeprägten Drang zum Drama hatte, wollte ich mich umbringen als er sich von mir trennte und das auf eine Party.

Ich zog eine Show ab, dass sie mich am Theater wahrscheinlich gleich genommen hätten. Irgendwie kann ich im Nachhinein verstehen, dass mich die Mädels in der Gruppe langsam satt hatten. Ich hätte mich glaub ich auch nicht gemocht. Zu der Zeit zerbrach übrigens auch die Freundschaft zu meiner allerbesten Freundin. Irgendwie war das nicht meine Zeit. Als ich mich in den nächsten aus der Gruppe verliebte, bekam ich den Ruf als Dorfmatratze.

Zu der Zeit fühlte ich mich echt unfair behandelt von den anderen aus der Gruppe, die intriganten Mädels trugen ihren Teil dazu bei und verbreiteten noch mehr Gerüchte über mich, als was ich eh schon selbst angerichtet hatte. Ich wurde in der Schule gemobbt, also richtig gemobbt.

Es kamen sogar anonyme Morddrohungen und Selbstmordvorschläge. Ich hab zwar im Nachhinein betrachtet wirklich viele Fehler gemacht und mich leicht hingegeben, aber einfach immer aus der Hoffnung heraus, geliebt zu werden und Anschluss zu finden.

Aber Morddrohungen hatte ich nicht verdient, ebenso wenig wie so missachtet und gedemütigt zu werden.

Heute weiß ich das. Zu der Zeit dachte ich ernsthaft über Selbstmord nach, auch aus dem Grund diese Miststücke heimzusuchen. Zumindest war das mein Plan als fast 14-jährige.

Da die Anschläge und die psychische Gewalt der Gruppe immer schlimmer wurden, fasste meine Mutter den Entschluss, dass ich zu meiner Schwester und ihrem Freund ziehen sollte, um dort auf die Schule zu gehen.

Die beiden wohnten ca. 35 km von uns weg in einem kleinen Dorf in einer netten Wohnung. Anfangs war das auch echt super. Ich war nun in der 8. Klasse und das Schuljahr hat gerade begonnen, die Jungs und Mädels aus meiner Klasse waren super nett und ich fand schnell Anschluss.

Nur das mit meiner Schwester war einfach schon immer irgendwie schwierig. Sie sah immer nur was sie für mich „gutes" tat, aber nie was ich für sie machte. So wurde es selbstverständlich, dass ich irgendwann den Haushalt übernahm. Das war zwar bevor ich bei ihr wohnte auch schon so, dass meine Mutter regelmäßig ihre Kleidung zum Waschen holte oder bei ihr putzte, aber auch das sah sie irgendwie nie so wirklich.

Meine Schwester bekam auch, weil sie es damals so unbedingt wollte, mein gesamtes Erspartes, damit sie auch ein Pferd haben kann. Mit dem Pferd kam sie nicht klar, also wurde es verkauft. Dann wollte sie mein Pferd haben, auch das bekam sie, sie kam damit nicht klar, es warf sie echt böse ab also wurde es verkauft. Irgendwie nahm sie sich immer was sie wollte. Na ja.
Irgendwann war es mir aber zu blöd, ebenso meiner Mama also zog ich wieder nach Hause und meine Mutter fuhr mich jeden Tag zur Schule und holte mich wieder.

Ab da konnte ich die Zeit auch echt genießen. Ich hatte auf einen Schlag viele Freunde und eine super Freundin, der ich alles erzählen konnte, die Mädels und Jungs nahmen mich so wie ich war, laute Klappe, komischer Humor und mit Hang zur Dramatik. Es machte echt Spaß, wir unternahmen viel machten Party und haben unsere Jugend genossen. Zu der Zeit ging es mir so gut. Ich wünschte mir, dass es immer so bleiben würde.

Auch in der Schule verliebte man sich aber es war anders, man wurde nicht abgestempelt und es war eben auch langsam das Alter, in dem es normal war, die ersten Beziehungen zu haben.

Ich verliebte mich in einen aus der 9 Klasse. Und diesmal war es anders, er gefiel mir nicht nur sondern ich verliebte mich wirklich das erste Mal scheinbar ernsthaft. Wenn ich an ihn dachte, kribbelte mein Bauch, wir brachten oft keine Worte raus und es fühlte sich nach Sucht an, in seiner Nähe zu sein.

Wir hatten ziemlich den gleichen Freundeskreis, also war das auch kein Problem. Seine damalige beste Freundin mochte mich nicht, aber das war nicht so schlimm, zumindest Anfangs noch nicht.

Er war der erste Junge der nicht verlangte, dass ich mit ihm schlafen müsse. Im Gegenteil, er war sehr achtsam und hatte Anstand. Er kam aus gutem Hause und wusste sich zu benehmen. Wenn wir uns nicht sehen konnten dann telefonierten wir eben oder schrieben uns.

Ich bin sehr dankbar, dass er eine kleine Wende in mein Leben brachte. Er war oder ist es sicher auch noch heute, ein wirklich liebenswerter Mensch.

Für mich ist das die Geschichte, die ich erzähle, wer mein erster Freund war und wie sich die erste Liebe anfühlte.

Aber nichts währt ewig, das ist einfach das Leben. Ich klammerte wohl zu viel und dann kam auch noch seine beste Freundin hinzu, die den Rest dazu gab und unsere Wege trennten sich. Es war nicht schön, aber es war eben so. Klar gab es auch da verletzte Gefühle auf beiden Seiten, Streit und jede menge Drama bei allen Beteiligten, aber anders als davor verlief das irgendwann im Sand.

Meine Freunde hielten trotzdem zu mir und es rückten andere Prioritäten in den Vordergrund.

Meine Patentante lag im Sterben und das war wie ein Schlag ins Gesicht. Es war meine Lieblingstante.
Sie hatte einen Bauernhof Zuhause mit Kühen und Kälbern, Hühnern, Katzen und ihrem Hund. Ich war gern bei ihr. Jedes mal, wenn wir zu Besuch kamen, machte sie eine Erdbeerroulade. Ich durfte auch immer in den Stall zu den Kälbern und beim Milchfüttern helfen. Das war das Allergrößte für mich.

Zu der Zeit wusste ich, später will ich auch mal einen Bauernhof.

Ich setzte mich auch immer zum Kuscheln mit dem Hund unter die Treppe im Gang. Dort war er am liebsten. Als Kind ging ich immer mit ihm spazieren. Es war ein Schäferhund Mix und dazu der beste Hund den es wohl gab. Bei meiner Tante auf dem Bauernhof hatte ich nie Bauchschmerzen oder irgendeine Angst, mir ging es immer gut.

Meine Tante verstand mich auch immer und redete mir gut zu, wenn irgendwas war. Als ich dann mit 14 erfuhr, dass Sie Krebs hat, wusste ich irgendwas wird anders, ich hatte das Gefühl es bricht was weg. Ich fuhr nicht mehr gern zu ihr, ich wollte ihren Verfall nicht sehen und nicht wahrhaben.

Ein letztes Mal sind wir hingefahren, da lag sie allerdings schon im Sterbebett. Als ich mich von Ihr verabschiedete, entbrannte eine Wut in mir, welche ich nicht einordnen konnte.
Als dann der Anruf kam, das sie gestorben sei, war ich gerade in der Schule. Dort holte mich meine Mutter ab und wir fuhren nach Hause.

Auf ihrer Beerdigung hatte ich das Gefühl gar nicht anwesend zu sein, ich kam mit den Gefühlen nicht klar die gerade in mir hochkamen.

Nach der Beerdigung gingen alle noch zum Leichentrunk eine komische Veranstaltung, die scheinbar Tradition hat, für mich zu der Zeit aber einfach geschmacklos war. Alle lachten und tranken wie auf einer Feier. Mein Cousin saß mir gegenüber, der, den ich eigentlich immer am liebsten hatte.

Er hatte den Spaß seines Lebens. Ich konnte nicht verstehen wie man so gut drauf sein konnte, wenn man gerade seine Mutter beerdigt hatte. In mir kam wieder eine Wut hoch, die ich nicht einordnen konnte. Es dauerte lange bis ich darüber hinweg gekommen bin, dass sie verstorben ist.

Noch bis vor Kurzem konnte ich nicht zu ihr ans Grab gehen, ohne ein komisches Gefühl zu haben. Bis ich verstand, dass ich nicht wütend war, weil sie gestorben ist, sondern weil sie einfach ging und mich alleine ließ.

Erst als ich ihr verzeihen konnte, dass sie gegangen war und mir verzeihen konnte, dass ich wütend war, obwohl sie nichts dafür konnte und meine Gefühle völlig normal waren, konnte ich meinen Frieden damit finden.
Die neunte Klasse verging wie im Flug.

Zur Abschlussfahrt fuhren wir nach Berlin. Das war soweit ganz gut, unser Freundeskreis war beisammen und so waren die 9 Std. Busfahrt auch kein Problem. Was ich zu der Zeit aber merkte, dass die Bauchschmerzen wieder öfter kamen, ebenso die Übelkeit und diesmal kam irgendwie noch Zittern dazu.

Das Zittern schob ich auf Unterzucker, was irgendwann mal ein Arzt gesagt hat, dass es wohl daran liegen könnte.
Also jedes mal, wenn ich zitterte, sagte mein Kopf:„iss was du hast Unterzucker".

Irgendwie war das von dem Arzt nicht so schlau, einem Hypochonder so etwas zu sagen, aber woher sollte er das wissen.

Als es in Berlin aber immer öfter zu diesen Zitteranfällen kam, rief mein damaliger Lehrer den ärztlichen Bereitschaftsdienst. Der schaute mich an, machte eine Blutdruckmessung und eine Zuckermessung, die wohl ein wenig nieder war, aber wir haben die Nacht davor auch ziemlich viel Alkohol getrunken. Ich habe sehr wenig gegessen und so Diagnostizierte er anhand meines Zitterns keine Panikattacke oder evtl. irgendwas anderes harmloses: er tippte auf Bauchspeicheldrüsenkrebs.

Ihr könnt euch vorstellen, dass die restliche Klassenfahrt für mich dann gelaufen ist.

Irgendwie hat das in mir einen Trigger gesetzt und die Panikattacken schlichen sich wieder ganz ganz langsam ein. Allein nur, weil der Arzt vorbeikam und sowas in den Raum schmiss, fingen bei mir langsam wieder alte Muster an aufzuleben.

Wieder Zuhause merkte ich zwar, dass etwas anders wurde, aber es war eher ein schleichender Prozess.

Die Schule war vorbei, ich habe meinen Hauptschulabschluss gemacht. Sogar den Qualifzierten Hauptschulabschluss habe ich geschafft, obwohl ich von 9 Jahren zusammengerechnet nur etwa 4,5 Jahre in der Schule war. Irgendwie geht doch alles, wenn man will.

Die Sommerferien genossen meine Freunde und Ich noch ordentlich bevor im Herbst dann der Ernst des Lebens begann.

Meine erste Lehrstelle war als Verkäuferin in einer Bäckerei, irgendwie machte ich mir vorher keinen Kopf was ich lernen wollte, ich war froh eine Lehrstelle zu ergattern. In dem kleinen Betrieb machte ich ein Praktikum und stellte mich recht gut an. Nach der Woche Praktikum machte mir die Chefin ein Lehrstellenangebot. Nachdem ich eher ein fauler Mensch war und ich keine Lust hatte auf weitere Praktika oder Bewerbungen, nahm ich ohne weiter nachzudenken das Angebot an und konnte nun entspannen.

Der erste Tag meiner Lehre fing recht gemütlich an, ich wurde allen vorgestellt, bekam meine Schürze und nochmal alles gezeigt. Der Tag war noch sehr entspannt, und alle sehr bemüht und freundlich, sehr freundlich. Das sah am nächsten Tag bereits anders aus. Als erstes hieß es am morgen, dass ich ja eh noch keine Hilfe wäre, aber putzen sollte ich können. Deshalb wurde ich an meinem zweiten Tag zum Keller putzen verdonnert und auch am dritten und vierten Tag. Ja, was soll man sagen der Keller war groß und wohl lange nicht geputzt worden.

Am 5. Tag durfte ich am Morgen Butterbrezeln herrichten und anschließend alle Regale Staub wischen sowie in der Backstube für Ordnung sorgen, langsam dämmerte mir was so alles schiefläuft. Die erste Woche war

geschafft und ich wusste nicht so recht, welches Urteil ich mir darüber bilden sollte. Ich stand ja noch am Anfang meiner Lehre.
Nach dem ersten Monat hatte sich noch nicht wirklich was geändert.

Ich putzte viel und half in der Backstube, Brezeln in Natronlauge tauchen z.B. das wollte nämlich sonst niemand machen. So verging die Zeit und wir hatten das erste Mal Blockunterricht in der Berufsschule. Bis zu dem Zeitpunkt dachte, ich noch, dass es normal wäre solch niedere Tätigkeiten als Azubi verrichten zu müssen.
Es stellte sich allerdings in der Berufsschule heraus, dass es in den meisten Betrieben anders lief, laut Berichtsheft hätten wir bereits die ersten Verkäufe tätigen sollen, Brot Sorten lernen usw. mir wurde klar, in dem Betrieb werde ich wohl nicht alt.

Also überlegte ich mir, ob es überhaupt das Meine wird. Will ich mein Leben lang Brezeln verkaufen?

Nicht falsch verstehen es ist ein toller Job aber eben für diejenigen die es gerne tun. Ich stellte nach dem zweiten Monat für mich fest, ich tat es nicht gerne, und vor allem nicht in diesem Betrieb.

Also schmiss ich die erste Lehrstelle hin.
Ich glaube meine Eltern waren schon gar nicht mehr verwundert bei meiner Vorgeschichte. Ich machte das nächste Praktikum, denn ich wusste, irgend eine Lehre werde ich wohl oder übel machen müssen.
Also schaute ich mir noch weitere Berufe an. Ich arbeitete ein paar Monate im Kindergarten und stellte für mich fest, dass ich den Beruf der Kinderpflegerin gerne lernen würde.
Zu der Zeit lernte ich auch meinen ersten Mann kennen und im selben Jahr verstarb meine Oma.

Meine Oma muss ich dazu sagen, war mein Ratgeber, mein Fels in der Brandung und sie nahm mich auch immer in Schutz, wenn irgendwas war.

Ich wusste, dass sie sterben **würde**. Meine Mama pflegte sie bei uns im Haus und immer wenn ich von der Arbeit nach Hause kam, übernahm ich die Schicht oder half ihr sie zu pflegen.

Meine Oma war seit einiger Zeit bettlägerig und es wurde täglich schlimmer.
Man merkte sie wollte nicht mehr, sie verweigerte ihr Essen und baute immer mehr und immer schneller ab. Die letzten Tage vor ihrem Tod schlief sie nur noch und war fast nicht mehr ansprechbar.

An dem Morgen als sie starb, verabschiedete ich mich von ihr und sagte ihr das ich sie lieb habe.
Als ich mittags aus dem Kindergarten kam, war es wunderschön, für Februar schon fast zu schön. Ich wusste, es war heute etwas anders. Als ich die Straße zu unserem Haus ging, stand das Auto meiner Tante da, nun wusste ich sicher, dass meine Oma gestorben war.

Als ich ins Haus ging ins Wohnzimmer, lag sie da, ganz friedlich als würde sie schlafen. Der Raum war warm und es fühlte sich an, als wäre die Zeit stehen geblieben.

Als am Abend der Bestatter mit dem Sarg kam, wurde es mir allerdings zu viel und ich flüchtete zu meinem Freund. Die Tage und Wochen danach verbrachte ich viel Zeit bei meinem Freund und seiner Familie zuhause.

Die Zeit verging wie im Flug und als im September die Schule zur Kinderpflegeausbildung losging, hatte ich schon so eine Vorahnung.

Da ich bereits 18 war, fuhr ich mit meinem Auto in die Schule. Das gab mir irgendwie ein Gefühl der Freiheit. Der erste Tag war auch noch ganz gut, doch am zweiten Tag in der Schule kamen mir sehr bekannte Symptome auf: Bauchschmerzen, Zittern, Herzrasen, Schwindel. Ja da waren sie wieder. Die Panikattacken.

Ich versuchte es noch die restliche Woche, doch das Aufstehen fiel mir immer schwerer, die Symptome wurden immer deutlicher. Ich wusste, dass ich irgendwas tun muss. Aber zu der Zeit kam für mich nur eins in Frage. Aufgeben. Das tat ich auch, nach 14 Tagen meldete ich mich von der Schule ab und siehe da, die Symptome waren verschwunden.

Ich habe mal wieder gelernt weglaufen hilft.
Als Nächstes dachte ich über meine Leidenschaft nach und wo es mir bisher immer gut ging, also kam für mich nur eins in Frage.

Eine Ausbildung als Pferdewirt.

Pferde liebte ich und dort hatte ich noch nie Bauchschmerzen oder anderes. Also suchte ich nach einem Ausbildungsbetrieb in der Nähe und wurde auch genommen. Ich wusste zwar noch nicht wie ich das im Blockunterricht anstellen soll, aber ich dachte mir das wird schon nicht so schwer sein, schließlich mache ich ja endlich was, was mir Spaß macht.

Der Betrieb war super, ich lernte viel von meinem Chef. Er war Pferdewirt vom alten Schlag und bei ihm galt nicht geschimpft ist Lob genug. Wenn er schimpft dann lass es über dich ergehen und mach es sofort anders, sonst wird es ungemütlich.

Viele kamen mit seiner Art und seiner Ausdrucksweise nicht klar. Es musste eben laufen. Er hatte die Verantwortung für 55 Hochpreisige Sport- und Zuchtpferde. Hengste die Millionen wert waren, da konnte man sich keine gravierenden Fehler erlauben.

Viele brachen die Ausbildung wieder ab. Es war einfach eine harte Arbeit ob Mental oder körperlich.

Die körperliche Arbeit machte mir nichts, auch die Launen vom Chef waren für mich irgendwann nicht mehr schlimm, aber dann ging der Blockunterricht los.

Und damit auch die bekannten Probleme. Die ersten Tage waren wie immer ganz in Ordnung aber dann setzte wie üblich erst mal die gesamte Palette an Symptomen ein.

Ich merkte, wie schnell ich an meine Grenzen kam und suchte das Gespräch mit meinem Chef. Ich weiß bis heute nicht wie aber er deichselte das ganze so, dass ich wegen meiner Angststörung nicht mehr in die Berufsschule musste.

Das war super, ich lief zwar wieder von meinen Ängsten davon aber es klappte ganz gut.

Er gab seine Berichte zu meiner Leistung ab und das reichte der Schule. Zwar war ich oft Krank aber irgendwie unterstützte mich mein Chef trotzdem in allem und förderte mich. Oft zeigte er mir nach Feierabend, wenn noch Zeit war wie man z.B. einen Notfallbeschlag machte, Hufe ausschnitt, oder er ging mit mir im Stall die Theorie durch, die ich in der Schule verpasste.Wenn er auch noch so hart war in seiner Erscheinung und in seinem Auftreten, in den wirklich wichtigen Situationen half er seinen Lehrlingen wo es ging, man durfte ihn einfach nicht verarschen oder anlügen. Sonst hatte man bei ihm schlechte Karten.

In der Zwischenzeit wurde meine Beziehung immer ernster und wir überlegten zusammen zu ziehen. Es sprach nichts dagegen, mein erster Mann war ein Kindskopf und für ihn war zu der Zeit das Ausgehen das allerwichtigste.

Aber ich mochte ihn von Anfang an, er war lustig und lebensfroh, ehrlich ein wenig verplant aber sehr liebenswert, wir kamen recht schnell zusammen und merkten, dass passte irgendwie ganz gut. Wir unternahmen viel zusammen, gingen am Wochenende oft zusammen aus. Nach kurzer Zeit bemerkte ich allerdings, dass sein Familienleben alles andere als harmonisch war.

Seine Mutter hatte schlicht weg einen an der Klatsche und das ist untertrieben.
Ich kann mich noch an ein paar Momente erinnern, wo ich dachte, dass man die Frau einfach Wegsperren sollte. Bei denen war jeden Samstag Putztag. Das hieß Bäder putzen Staubsaugen Fenster putzen Staubwischen, eben alles was so dazu gehört.

Diese Frau litt auch unter sämtlichen Zwängen, das machte das Leben mit ihr nicht wirklich leichter, vor allem an dem Zwang täglich mindestens eine Flasche Wein am Abend zu trinken, da Sie sonst nicht mit ihrem Leben klarkam.

Es war mal wieder Samstag und sein Vater musste Staubsaugen, wir waren oben im Bad beim Putzen, wir durften die Fliesen mit einem kleinen Schwämmchen reinigen, damit ja jeder Kalkfleck weg war.

Auf jeden Fall saßen wir zusammen beim Schrubben, als seine Eltern unten anfingen zu schreien, also besser gesagt seine Mutter, Sie fluchte und schimpfte seinen Vater so stark, dass ich dachte es wäre was richtig schreckliches passiert. Mein Freund fing an zu weinen, weil seine Eltern wieder stritten und seine Mutter brüllte fröhlich weiter. Im Enddefekt ging es nur darum, dass sein Vater unter einem Blumentopf nicht gesaugt hat und er Schuld daran ist, dass es nach dem Saugen noch immer schmutzig war, also der Platz, auf dem der Blumentopf stand, denn dort würden sich so viele Flusen sammeln, dass es nach zwei Tagen wieder aussehen würde als wäre nie gesaugt worden. Der Streit hielt ungelogen bis Abends. Es gab oft solche Situationen wo seine Mutter grundlos ausflippte, beleidigend wurde, sich lächerlich über andere machte oder einfach nur schlecht gelaunt war aber trotzdem lachte. Seltsam.

Aber sein Vater war notorisch, wenn es um das Thema Arbeit ging, er war schließlich schon seit seiner Lehre bei der Bahn beschäftigt und hat sich hochgearbeitet und diesen Anspruch hatte er auch an sämtliche Menschen in seiner Umgebung. Ja, da kam ich ja in die richtige Familie dachte ich irgendwann ein wenig ironisch.

Nach meinen gefühlt 35 verschiedenen Arbeitsstellen und mit meinen Ängsten, war das die perfekte Familie für mich um zu lernen wie man mit Konflikten umgeht.

Es war so seltsam in dieser Familie.

Sein Bruder war, der einzige der einen anderen Dialekt sprach und komplett anders aussah, wir witzelten immer darüber, dass er wohl doch von einem anderen Vater sein müsste. Nach einem Jahr Beziehung beschlossen wir zu heiraten, also eher ich beschloss zu heiraten.

Ja ich nötigte ihn schon fast zum Heiraten.
Seien wir ehrlich mit 19 ist man einfach noch nicht so weit. Aber das war mir zu dem Zeitpunkt egal, ich heiratete um kontrollieren zu können. Denn zu diesem Zeitpunkt waren meine Ängste bereits wieder voll da. Sie äußerten sich diesmal durch Kontrollzwang, starkem Kontrollzwang also Hände 3-mal Waschen, Wäsche akkurat aufhängen: Socken beisammen, Handtücher beisammen, etc. Türe 3-mal kontrollieren, ob sie abgeschlossen ist, na eben solche Dinge.

Und dann waren da noch Bauchschmerzen, wenn ich irgendwo nicht hin wollte.

Und auch aus dem Kontrollzwang heraus wollte ich heiraten, damit wenn er stirbt, ich entscheiden kann in welches Grab er kommt. Ja ich weiß das hört sich so verrückt an, aber es war so.

Auch die Angst alleine zu sein oder alleine in ein Grab zu kommen, wenn ich sterben würde trieb mich in diese Hochzeit.

Ich weiß, wenn meine Ängste nicht gewesen wären, hätte ich das Erste mal nicht geheiratet.

Ich kannte ihn gut, sehr gut, ich wusste er war verlässlich und immer da. Wir waren aneinander gewöhnt. Wir konnten uns aufeinander verlassen. Ich konnte ihn abschätzen, kannte seine Gewohnheiten ich wusste wie er tickt.

Irgendwann bestand unsere Beziehung nur noch daraus, dass er unter der Woche nach der Arbeit Playstation gespielt hat und am Wochenende feiern ging. Und meine Zeit war nach der Arbeit den Haushalt zu machen und meine freie Zeit verbrachte ich bei meinem Pferd. Zu dieser Zeit zogen meine Ängste wieder stärker an aber auch der Druck, den ich mir in den vorherigen Beziehungen machte, stieg wieder an. Ich hatte solche Angst ihn zu verlieren, dass ich mich zwang mit ihm zu schlafen, obwohl jegliche Art von Anziehung fehlte und die Verliebtheit längst verflogen war.

Doch ich konnte den Gedanken nicht ertragen alleine zu sein. Mir ging es von Monat zu Monat immer schlechter.

Sämtliche Symptome kamen wieder, Panikattacken und die Angst raus zu gehen kamen wieder. Also beschloss ich beim Körper anzufangen, ich ging zum Heilpraktiker wegen meinen Bauchschmerzen.

Die Frau war super, als ich ihr meine Lebensgeschichte so ein wenig näher gebracht hatte war ihr schnell klar was eigentlich mein Problem war (zumindest ein Auslöser davon).

Ich hatte bis dahin noch nicht gelernt „Nein" zu sagen. Mir fiel es wie Schuppen von den Augen, ich musste lernen klar zu kommunizieren, was ich wollte, dann würden auch meine Bauchschmerzen verschwinden. Auch, wenn ich vielleicht dafür verlassen werde oder mir jemand beleidigt ist. Also übte ich es, ich übte nein zu sagen.

Mein erster Mann hörte dann tatsächlich oft oder nur noch Nein. Ich fuhr nicht mehr zu seinen gestörten Eltern mit, ich wollte seinen Bruder mit dessen Freundin nicht mehr sehen, ich wollte nicht mehr mit ihm Schlafen, ich machte mein Ding. Das erste mal in meinem Leben fühlte es sich so an, als würde ich ein wenig Bestimmung über meinen Körper zurückerlangen, als würde ich mir ein Stückchen Macht zurückholen.

Die Leute in meinem Umfeld fanden mich zwar langsam echt komisch, aber zu dem Zeitpunkt war mir das egal, das Gefühl selbstbestimmt zu sein machte etwas mit mir, doch es veränderte auch mein Leben in eine Richtung, die nicht jeder verstand. Meine Schwester zum Beispiel, hatte von mir nie ein Nein gehört, Nie. Egal ob es um Geld ging, oder dass bei ihr mal wieder was geputzt werden musste, oder sie über ihren Ehemann schimpfte, ich war seit Kindheit an ihr Fußabstreifer. Bis das erste Mal ein Nein fiel.

Damals verkrachten wir uns das erste Mal.
Ich tanzte nicht mehr nach ihrer Pfeife und das passte ihr ganz und gar nicht. Erst beschimpfte sie mich, dann schimpfte sie über mich. Meine Schwester ist eine Narzisstin, sie drehte schon immer alles so hin das immer alle Anderen schuld sind und sie die Arme war. Reflektion sowie Entschuldigungen oder Eingeständnisse von Fehlern sind Fremdwörter für sie.

Ich zog mich immer mehr zurück, das Theater ging ein paar Wochen so, bis sie mich wieder brauchte, dann fing sie schleichend an Kontakt aufzubauen. Bis, ja bis ich wieder so dumm war und wieder zu ihrem Lakaien wurde. Irgendwie schaffte sie es, mir meine komplette Macht und Selbstbestimmung wieder zu nehmen und ich kam langsam wieder in meinen Sumpf zurück.

Allerdings war das in meiner Beziehung ein wenig anders, Sex hatten wir nur noch alle 3 – 4 Monate und auch nur noch damit er wieder Ruhe gab.
Ja ich weiß, aber es war so, Liebe war das nicht, das weiß ich heute, doch es gab mir Sicherheit. Diese Beziehung gab mir Stabilität. Es kam nichts Neues, es gab keine großen Aufreger, außer wenn er mal wieder zu betrunken war oder seine Mutter wieder mal gesponnen hat, ansonsten lief es so dahin. Meine erste Ehe beruhte einfach nur auf Gewohnheit und der Frage, ob es das wirklich schon war? Ist das eine normale Beziehung?

Scheinbar, zu der Zeit war es so und ich dachte, es würde sich eh nichts mehr ändern. Es schlich sich, nach und nach eine

Frustration ein. Ich fand nichts mehr attraktiv an ihm, ich hatte keine Freude mehr an körperlicher Nähe und ich wusste nicht damit umzugehen. Dieses Konstrukt zogen wir drei Jahre durch. Jeden Tag das gleiche. Manchmal trafen wir uns mit gemeinsamen Freunden, aber auch das war irgendwann nur noch ein Trott.

Wir waren zu dieser Zeit des Öfteren mit einem guten Freund von ihm und seiner Freundin in dessen Werkstatt zu Besuch. Abends setzten wir uns manchmal zusammen und quatschten noch. Irgendwie bemerkte ich ein komisches Gefühl in meiner Bauchgegend, wenn ich seinen Kumpel ansah, wenn er noch am Auto schraubte und wir ihm zusahen, kamen mir Bilder in den Kopf, die ich schnell wieder vergessen wollte.
Ich verspürte oftmals ein flaues Gefühl in der Magengegend. Irgendwas löste er in mir aus, ich hatte sexuelle Fantasien, wenn ich ihn sah, ich träumte von ihm.

Es durfte nicht sein, ich war schließlich verheiratet. Aber wieso empfand ich so für diesen Mann? Weil er so attraktiv war? Oder weil ich selbst kein Sexualleben mehr hatte und das mit 22.

Weil sich mein Mann mittlerweile anfühlte in der als wäre er mein Bruder? Es war alles sehr verwirrend. Aber wie es das Schicksal wollte, kam sein Kumpel nun auch immer öfter zu uns zu Besuch, weil seine Freundin keine Zeit hatte oder unterwegs war.

Irgendwann nahm er mich mit auf einen Motorradausflug, ich hab mir das schon so lange gewünscht und wir machten einen Ausflug an einen See Es war klasse, wir hatten so viel Spaß zusammen. Aber wir redeten auch über unsere Zukunft und unsere Träume.

Wir wünschten uns beide einen Bauernhof und wollten beide in Alleinlage leben. Er liebte Tiere und die Natur ebenso wie ich, wir fanden so viel Gemeinsamkeiten.

Wir witzelten noch darüber, dass wir uns ja zu viert einen Bauernhof kaufen könnten und jeweils unsere jetzigen Partner weiter in die Arbeit schicken könnten und wir Zuhause den Hof schmeißen könnten.

Ich muss zugeben, mein Hintergedanke war ein anderer. Zu der Zeit wusste ich nicht, dass auch er diesen Gedanken hatte.

Ich dachte er wäre in einer festen Beziehung, die immer halten würde. Aber er war zu der Zeit ebenso unglücklich wie ich. Wir trauten uns aber nicht miteinander zu sprechen, denn ich war verheiratet und er schon lange vergeben. Wo sollte das also hinführen?

Und trotzdem besuchte er uns öfter, wir machten mal wieder eine kleine Motorradtour und ich spürte da ist mehr. Einmal kam er bereits am Nachmittag zu uns, obwohl mein Mann noch gar nicht von der Arbeit Zuhause war, wir quatschten und machten Späße, und kochten zusammen. Ironischerweise für meinen ersten Mann. Der Abend war lustig, wir aßen alle zusammen und hatten Spaß. Als er ging wollte ich es wissen. Er war gerade bei der Tür draußen als ich ihm eine Nachricht schrieb. Ich wollte von ihm wissen, ob er denn auch etwas bemerkt hätte zwischen uns und das er es bitte einfach löschen solle, wenn es nicht so ist und ich mir das alles nur einbilden würde.

Er schrieb erst am nächsten Tag zurück, ob ich damit meinen würde, dass wir auf derselben Wellenlänge wären. Ich dachte mir nur so ein Idiot und meldete mich nicht mehr. Mir war das alles so peinlich. Ich hab angedeutet das ich was für ihn empfinde und er fasste es so auf, als würden wir uns einfach nur gut verstehen. Zumindest dachte ich das. Meine Gefühle fuhren Achterbahn und ich wollte am liebsten im Erdboden versinken.

Ein oder zwei Tage schrieben wir nicht mehr miteinander. Bis seine Freundin in den Urlaub flog, dann kam eine Nachricht von ihm und wir trafen uns.

Wir haben uns auf einem Parkplatz getroffen und haben miteinander gesprochen. Es war zwar mehr ein Stottern als sprechen aber wir konnten zumindest so weit kommunizieren, dass wir Gefühle für den jeweils Anderen hätten, doch wir kamen auf den Entschluss, dass es einfach nicht gehen würde mit uns. Ich konnte mich nicht scheiden lassen, ich wusste nicht, wie ich das machen sollte, auch finanziell.

Ich hatte Angst, dass ich das nicht schaffen würde. Es hing so viel dran. Unsere Familien die gemeinsame Wohnung, das Leben das wir uns aufgebaut hatten. Wie sollte das funktionieren?

Bei ihm war es dasselbe, nur dass er nicht verheiratet war, aber er hatte seine Werkstatt bei ihren Eltern auf dem Hof.
Wir dachten es wäre am besten, wenn wir uns einfach eine Zeit lang nicht mehr sehen würden und auch nicht mehr miteinander schreiben.

Wir beendeten das Gespräch mit zitternden Knien und einem richtig schlechtem Gefühl. Zuhause angekommen wollte ich einfach nur meine Ruhe haben. Ich musste meine Gefühle sortieren und klarkommen.

Es vergingen ein paar Tage und ich merkte, dass egal wie es kommen wird die Beziehung, die ich jetzt führe, ich nicht mehr führen will. Ich beschloss mit meinem Mann zu sprechen. Wir führten lange Gespräche, ich erzählte ihm was in mir vorging wie lange es mir schon so ging und er erzählte mir, dass es ihm ähnlich ging, wir hatten noch nie solch tiefgehenden Gespräche, wir kamen von einem ins andere Thema und merkten, dass es schon lange nicht mehr passte, auf beiden Seiten. Wir sprachen über unsere Ängste und wie es weitergehen soll. Wir einigten uns darauf das wir uns einvernehmlich trennen. Wir sprachen darüber wie und wann er ausziehen soll, was er mitnimmt und was bei mir bleibt und wir kamen in allen Punkten überein.

In der Zeit baute ich wieder Kontakt zu meinem jetzigen Mann auf. Wir trafen uns wieder und immer öfter. Er hat sich in der Zwischenzeit ebenfalls von seiner Freundin getrennt und plante seinen Auszug.

Die nächsten Wochen fuhren unsere Gefühle Achterbahn, auf der einen Seite die Trennung und das Aufarbeiten der alten Beziehung mit dem Ex-Partner und die ganzen organisatorischen Sachen, auf der anderen Seite entstand gerade was Neues, was sich so leicht anfühlte und gleichzeitig so vertraut, dass man Angst hatte aufzuwachen, weil es doch nur ein Traum war.
Aber der war es nicht.

Wir machten viele Ausflüge zusammen und genossen die Zeit zu zweit. Es gab keine freie Minute die wir nicht zusammen verbrachten. Wir führten intensive und wirklich innige Gespräche, ich erzählte ihm von meiner Vergangenheit, meiner Zeit in der Schule, und erzählte ihm von meinen Ängsten. Er erzählte mir von seiner Kindheit und wie seine Familienverhältnisse sind, von seinen Ängsten und seiner Vergangenheit. Es gab nichts über das wir nicht ehrlich sprachen. Wir arbeiteten alles zusammen durch und ich hatte das Gefühl, wir kamen uns täglich näher.

Wir hatten dieselben Lebensziele, dieselben Anschauungen vom Leben, von der Familienplanung.

Und zumindest eine sehr ähnliche Vorstellung von unserer Zukunft. Bis wir letztendlich eine Beziehung eingingen, dauerte es ungefähr ein halbes Jahr. Wir zogen relativ schnell zusammen und genossen unsere gemeinsame Zeit.

Mit 23 waren meine Ängste wieder voll in meinem Leben angekommen, ich unternahm mit meinem Partner nichts mehr, ging nicht mehr zur Arbeit. Es ging so weit, dass ich nur noch zuhause saß und mich nicht mal mehr traute raus zu gehen.

Mein Pferd blieb völlig auf der Strecke, die Panikattacken wurden immer mehr. Ich hatte oft das Gefühl nicht mehr richtig anwesend zu sein, nicht mehr richtig da zu sein. Jedes Symptom wurde wieder zur Lebensgefahr und ich ging ins Krankenhaus. Ich war im Monat mindestens einmal im Krankenhaus um irgendwas abchecken zu lassen. Es war eine Belastung auch für meine Beziehung. Allerdings war mein Partner der wohl verständnisvollste Mensch, den es gibt. Er fuhr mit mir überall hin, egal ob Tag oder Nacht. Wenn ich ins Krankenhaus wollte dann fuhr er. An manchen Tagen ging es mir so schlecht, dass ich nicht einmal vom Bett aufstehen konnte, doch da war er da und hat mir geholfen, er hat mir Essen oder Trinken gebracht, Medizin geholt oder mich zum Einkaufen gefahren denn alleine Autofahren war für mich nicht mehr möglich.

Ich beschloss mich wieder in Therapie zu begeben.

Zu der Zeit hatte ich großes Glück relativ schnell einen Platz bei einer super Therapeutin zu bekommen. Ich merkte nach jeder Sitzung eine Besserung.

Die ersten Therapiestunden drehten sich um Übungen und Training wie ich besser mit meinen Panikattacken umgehen konnte, selbst wenn ich unterm Autofahren eine Panikattacke bekam konnte ich sie telefonisch erreichen und wir meisterten die Situationen gemeinsam.

Nach ca. 2 – 3 Monaten war ich wieder so weit, dass ich alleine Autofahren konnte, ich konnte meinem Beruf wieder nachgehen, brauchte nicht mehr alle 2 – 3 Stunden was zu Essen, aus Angst vor Unterzuckerung. Die Bauchschmerzen wurden weniger und im Allgemeinen fühlte ich mich besser. Ich bekam wieder Lust Dinge zu unternehmen und wurde wieder fröhlicher. Da meine Therapeutin aber gerne meine Vergangenheit aufarbeiten wollte, damit nicht wieder ein Rückfall kam, gingen wir auf die Ursachenforschung meiner Ängste.

Wir kratzen mal so an der Oberfläche und von Stunde zu Stunde gingen wir weiter.

Meine sexuellen Komplexe wusste ich dann, kamen von meinem ersten Freund, der mich zwar nicht mit körperlicher Gewalt vergewaltigt hatte aber mit psychischer Gewalt zum Sex nötigte.
Wir sprachen darüber, wir stellten mich wieder in das Alter des 12-jährigen Mädchens und fingen an mein Verhalten in der Situation zu ändern.

Wir machten Rollenspiele wo ich meine ganze Wut, meine Verzweiflung, meine Scham und alles was mich belastete rauslassen konnte. Ich durfte meine Phantasie dafür Lebhaft auskosten, was ich meinem ersten Freund am liebsten alles zufügen würde, um ihm zu zeigen, wie sehr mich sein Verhalten für mein weiteres Leben geprägt hatte.

Es dauerte relativ lange und einige Stunden bis ich bei dem Punkt der Verzeihung ankam, was in mir Frieden auslöste und nichts mehr an negativen Gefühlen ihm gegenüber hochkamen. Es war ein sehr befreiendes Gefühl. Und so gingen wir tatsächlich Jahr für Jahr rückwärts weiter. Bis wir schließlich bei meinem 5. Lebensjahr ankamen.

Das Jahr, das meinem Leben die Richtung gab die es dann hatte. Eine Kindheit voller Angst und ein generell gestörtes Verhältnis zum Leben.

Ich erinnerte mich an diese Spiele, die meine Schwester mit mir spielte und in dem Moment wurde mir vieles, sehr vieles bewusst. Der Missbrauch durch meine Schwester war der Anfang meiner Panikattacken.

In dieser Stunde kamen mir so viele Gefühle, so viele Gedanken und Bilder hoch, dass ich erst mal damit überfordert war. In den weiteren Stunden zerpflückten wir die Geschehnisse Stück für Stück und ich merkte zunehmend wie ich Abstand von meiner Schwester suchte.

Ich hatte es einfach all die Jahre verdrängt, ich hatte es vergessen.

Und nun? Konnte sie sich noch dran erinnern? Wie konnte sie immer so weitermachen als wäre Nichts gewesen? Sollte ich mit ihr reden?

Sie darauf ansprechen? Aber was dann?

Ich wusste es nicht. Am Liebsten wollte ich es wieder vergessen.

Es dauerte lange, bis ich ihr wieder in die Augen sehen konnte, doch von da an sah ich sie anders, ich nahm kein Blatt Papier mehr vor den Mund, reagierte oft über wenn meine Schwester was von mir wollte oder zog mich komplett zurück.

Da sie allerdings sehr narzisstisch ist, fragte sie eigentlich auch nie wieso irgendwas so ist, sondern beleidigte mich oder war fassungslos, dass ich nicht ihrer Meinung bin. So kam es auch zu unserem ersten Bruch.

Sie hatte noch nicht lange ihr Kind und irgendwann schimpfte sie ziemlich über ihren ersten Mann (eigentlich tat sie das andauernd), aber irgendwann meinte ich sie solle sich dann eben trennen und nicht mehr so viel jammern, wenn es doch so schlimm wäre.

Ganz genau weiß ich das nicht mehr. Doch daraufhin hatten wir fast ein halbes Jahr keinen Kontakt mehr. Irgendwann kam sie dann wieder an als wäre nie was gewesen mit irgendwelchen Lappalien. Wir hatten nie wirklich darüber gesprochen, wieso es so eskalierte.

Ich merkte aber, dass Verhältnis zu ihr war gekippt, das Vertrauen, das ich zuvor in sie gehabt hatte, war vollkommen weg. Ich empfand jedes mal, wenn ich sie sah, ein komisches Gefühl. Jede Umarmung fühlte sich falsch an.

Ab der Zeit hielt ich mich mehr im Hintergrund was sie betraf.

Da meine Eltern, mein Mann (damals noch Freund) und ich in einem Haus wohnten, wir oben in der Wohnung und meine Eltern unten, blieb es nicht aus, dass ich natürlich trotzdem permanent von meiner Schwester was mitbekam, aber das war eben so, dass meine Mutter und meine Schwester täglich viel telefonierten.

Ich ließ es emotional einfach nicht mehr an mich ran. Sie nervte, und zwar meine ganze Familie, da sie tatsächlich mehr als 10-mal am Tag anrief einfach nur um zu kontrollieren. Das sah sie natürlich nicht so aber unterbewusst glaube ich war es das.Manchmal rief sie nur an, um zu fragen wie bei uns gerade das Wetter sei, um dann wieder aufzulegen.

Mit 24 wurde ich das erste mal schwanger, wir freuten uns echt sehr, doch die Freude hielt nicht lange, als ich in der 8 Schwangerschaftswoche einen Abgang hatte.

Zu der Zeit gingen mein Partner und ich auf unterschiedliche Wege damit um.
Ich verschloss mich komplett und die Ängste wurden wieder stärker und er war permanent schlecht drauf und machte mir Vorwürfe.

Es war eine echt beschissene Zeit, die uns weit auseinander brachte.
Doch irgendwann merkten wir, dass wir uns nur gemeinsam heilen konnten und das taten wir. Wir unternahmen wieder mehr zusammen, beschlossen im nächsten Jahr zu heiraten und gingen endlich unserem Traum nach, einen gemeinsamen Hof zu suchen.

Nach dieser Zeit waren wir stärker als zuvor.

Unsere Hochzeit fand im engsten Kreis der Familie statt, insgesamt waren wir 25 Leute, es war mitten in den Bergen, am See, an dem wir auch bei unserem ersten Motorradausflug waren.

Im selben Jahr wurde ich ein zweites mal schwanger und verlor es wieder in der 8 Schwangerschaftswoche.

Diesmal gingen wir den Weg allerdings von Beginn an gemeinsam. Wir sprachen viel darüber und beschlossen, dem ganzen medizinisch auf den Grund zu gehen. Wir gingen beide zu Ärzten und ließen alles untersuchen was möglich ist.

Es war ein Prozedere und zu diesem Zeitpunkt beschloss ich, wenn ich auf natürlichem Wege nicht Schwanger werden und das Kind halten kann, dann sind eigene Kinder für mich wohl nicht vorbestimmt.

Ich war froh auch in dieser Zeit noch meine Therapeutin an der Seite zu haben, denn ohne wäre ich nicht so unbeschadet aus dieser Zeit gekommen. Als sich allerdings herausstellte, dass ich körperlich völlig gesund sei, ging es mir irgendwie schlechter, denn es kamen Selbstzweifel hoch, als völlig gesunde Frau keine Kinder halten zu können löste in mir ein sehr seltsames Gefühl aus.

Ein Gefühl der Wertlosigkeit. Ich fing an mich wieder zu verschließen und mich zurückzuziehen, ja schon fast zu verdrängen.

Mein Mann und ich kauften uns zu der Zeit ein zweites Pferd und verbrachten viel Zeit gemeinsam am Stall. Irgendwie wollte ich diese Leere in mir füllen.

Also stürzten wir uns intensiver in die Hofsuche. Wir schauten uns allgemein viele und auch wirklich viele massiv baufällige Höfe an.

Es waren Wohnhäuser dabei, aus denen bereits Moos wuchs, windschiefe Gebäude mit fast einem Meter Versatz vom Boden bis zum Dach.

Wir sahen uns Anwesen für mehrere Millionen Euro an, auch wenn wir wussten, dass wir uns das nicht leisten konnten, aber wir taten es einfach, weil wir Freude daran hatten.

Einmal war ein sehr vielversprechender Hof ganz in der Nähe meiner Schwester dabei, allerdings vermasselte die Bank die Finanzierung, das war im Nachhinein eigentlich ganz lustig. Ich hole mal eben aus.

Der Hof wurde von Privat verkauft, wir wurden uns relativ schnell mit der netten Dame über den Kaufpreis und die ganze Abwicklung einig. Wir waren bei der Bank für die Finanzierungsbestätigung, machten einen Notartermin aus und unterzeichneten den Kaufvertrag. Alles schien in trockenen Tüchern zu sein. Ja bis uns die Bank anrief, dass die Dame von der Finanzierungsabteilung Mist gebaut hätte und das ganze nicht mit dem Vorstand abgeklärt gewesen sei. Uns wurde nach dem Kauf mitgeteilt das die Finanzierung ungültig war.

Nach kurzer Panik und ärgerlichen ja schon fast bösen Telefonaten und Gesprächen ging es für uns ganz gut aus, die Bank musste das Versäumnis und die Rückabwicklung des Kaufvertrages zahlen und die laufenden Kosten des Hofes bis dieser dann endgültig verkauft ist.

Die Suche ging in dem Moment zwar für uns wieder von vorne los aber mittlerweile bin ich ganz froh und sehr dankbar, dass das nicht unser Zuhause geworden ist. Die Nachbarschaft war so im Nachhinein betrachtet ein wenig gestört und auch die Nähe zu meiner Schwester und ihrem Lebensgefährten, wie soll ich sagen, ja, einfach Danke, dass es so kam wie es kam.

2019 war es dann endlich so weit, wir bekamen einen Anruf von einem Immobilienmakler er hätte da was für uns, eigentlich in einer Gegend wo wir niemals hin wollten und auch zu einer Zeit wo wir tatsächlich aufgeben wollten, da es gerade so schien als würde es nichts Vernünftiges auf dem Markt geben.

Also fuhren wir dort hin, ohne Erwartungen, ohne Hoffnung und mit dem Gedanken das wir dort eh absagen würden, weil die Gegend sicher nichts für uns sei. Wir fuhren ca. 1,5 Stunden von unserem Heimatdorf in das vermeintlich neue Zuhause. Je näher wir kamen, umso mehr mussten wir feststellen, dass uns die Gegend eigentlich ganz gut gefiel. Was in dem Moment allerdings keiner von uns Vieren zugeben wollte.

Ach so, habe ich schon erzählt, dass der Beschluss gefallen war, dass meine Eltern mit uns umzogen und wir das Projekt Generationenhof wagten? Nein?

Ja so war das. Meine Schwester zog mit 18 aus und betonte immer, dass sie mal nicht mit meinen Eltern in einem Haus leben konnte, geschweige denn sie Pflegen. Also war nur noch ich über.

Mit diesem Entschluss schlugen zwei Herzen in meiner Brust. Auf der einen Seite freute ich mich, weil zu viert sicher vieles einfacher ist und auch wenn mal Kinder kommen sollten, es für sie einfach eine Bereicherung ist mit ihren Großeltern im Haus oder am Hof aufzuwachsen, so wie es für mich auch war. Auf der anderen Seite hatte ich Angst vor möglichen Konfrontationen und der Verantwortung, nicht unbedingt davor, wenn sie mal ein Pflegefall sein sollten, denn das wusste ich oder weiß ich auch heute noch, dass mir das nichts ausmacht.

Ich hab das ja schon mitbekommen und miterlebt und das war wirklich in Ordnung. Für Menschen, die man liebt, macht man das auch gerne. Doch ich hatte vor der Verantwortung Angst, dass es ihnen vielleicht nicht gefällt oder sie es nur uns zu liebe machen, dass wir sie ein Stück weit enttäuschen, wenn wir vielleicht nicht das erreichen, was wir uns vorgenommen haben.

Es gingen zu der Zeit viele Gedanken und Ängste durch mich, doch das war alles unbegründet.

Wir bogen die Kiesstraße ein, die zu dem Hof führte, den Berg runter und unter einer 80 Jahre alten Linde hindurch.
Es war wunderschön dort. Der kleine Hof bestand aus Haus mit anschließendem Stall und Stadl. Er stand in L-Form umfriedet von einem alten Obstgarten und den dazugehörigen Weideflächen.

Es war wirklich sehr schön dort, man fühlte sich wie im Urlaub.

Innen war das Haus ebenfalls aus Holz und es wurde die letzten 20 Jahre von dem dort lebenden Ehepaar mit viel liebe renoviert. Es war ausgelegt für eine Familie, unten war eine Küche, Speise, Wohn- und Esszimmer sowie eine Gästetoilette und ein Bad. Sowie der Durchgang zum Stall.

Im ersten Stock waren 4 Schlafzimmer und ein Ankleideraum und im 2. Stock eine ausgebaute Galerie mit Oberlichte, die sie als Wohnzimmer nutzten. Der Stall und Stadl waren schon älter und nicht ganz so praktisch aufgeteilt, es waren ziemlich viele Stützbalken verbaut so dass man mit Maschinen eigentlich kaum was machen konnte, doch das störte uns nicht.

Auch dass der Hof direkt unterhalb eines Berges lag, sahen wir erst mal nicht als Problem, ebenso wie die Nachbarn oben am Berg direkt bei unserer Einfahrt, die nicht grüßten und nur grimmig guckten, störten uns erst mal nicht.

Wir waren sofort hin und weg von dem Hof und hatten eine rosarote Brille auf.

Dann ging alles ganz schnell, wir klärten noch ein paar Kleinigkeiten ab, wurden uns mit der Verkäuferin und der Bank einig und machten einen Notartermin aus.

Nach der Erfahrung, die wir mit dem ersten Kauf machten, wollten wir erst einmal niemanden was davon erzählen, bis alles in trockenen Tüchern ist. Nach der Unterzeichnung des Kaufvertrages sagten wir nun unserer Verwandtschaft bescheid, dann erst erfuhr auch meine Schwester davon. Aus dem einfachen Grund, dass sie ein Mensch war, bzw. ist der immer im Mittelpunkt stehen musste, mit jeder Neuigkeit, selbst wenn es sie nicht betrifft.

Wir erzählten ihr auch ungefähr wo es hinging, doch ich wollte ihr die Adresse nicht sagen. Ja zu der Zeit fühlte ich mich noch sehr bedroht von ihr und ich wollte sie ausschließen, wo es nur ging, ich wusste jede Neuigkeit wurde sofort jedem erzählt und dann eben auch angegeben mit der Adresse vom Hof. Damit sie prahlen konnte, wo ihre Familie hinzieht.

Ich weiß das klingt alles sehr komisch, doch wenn die Gefühle und Ängste einem im Weg stehen und man sich permanent bedroht fühl, dann kann man oft nicht rational Denken.
So auch in diesem Fall.

Meine Schwester wäre aber nicht meine Schwester, wenn sie nicht so lange gefragt gestichelt und gepiesackt hätte, bis ich ihr ziemlich motzig und übellaunig unsere neue Adresse mitteilte.
Darauf folgte wieder Funkstille, zumindest zwischen ihr und mir. Meine Eltern hielten sich zu dem Zeitpunkt noch raus, was gut so war.

Im Endeffekt, war ich ganz froh über den Streit, so nervte sie mich wenigstens nicht jeden Tag mit ihren Problemen. Versteht mich bitte nicht falsch, ich war immer für sie da, hörte mir ihre Sorgen an, gab ihr Ratschläge, die sie nicht hörte, denn wenn man mit ihr sprach hörte sie nicht hin, und machte sowieso ihr Ding. Sie rief oft 10-mal am Tag an, oder noch öfter, und erzählte immer wie schlecht es ihr ging mit ihrem Partner und wie schlecht ihr Leben ist.

Wenn man ihr dann sagte, sie könne ja das oder das ändern, oder wie sie es ändern könne, hörte sie weg und erzählte einem nach kurzer Zeit wieder vom selben Problem.

Ich versteh bis heute nicht wieso sie mit ihm zusammen ist, also immer noch mittlerweile seit 9 Jahren und bereits nach einem Jahr fingen die Probleme an. Sie erzählte täglich wie schlecht er sie behandelt und trotzdem blieb sie bei ihm.

Doch bei uns stand ja nun der Umzug ins neue Leben an. Der Umzug war an einem Tag erledigt und wir richteten uns nach und nach schön in unserem neuen Zuhause ein. Nach 2 Wochen holten wir unsere Pferde zu uns nach Hause. Es war echt ein schönes Gefühl die zwei Mäuse endlich bei uns zu haben.

Wir lebten uns sehr schnell ein. Dann allerdings fingen die Probleme an. Nach ein paar Wochen kam das erste Gewitter mit starkem Regen, es dauerte nicht lange und ein kleiner Bach floss durch unseren Stall. Das passierte nun bei jedem Regen. Leider wurde uns das vorher nicht gesagt.

Wir fingen also an umzubauen, feste Wege für die Pferde anlegen, Drainagen zu legen und wollten so alles „Wasserfest" machen. Bis das alles fertig war, vergingen ein paar Monate, der erste Winter war vorbei und wir merkten nach und nach, was wir bei der Besichtigung alles nicht sehen wollten.

Die eine Weide war immer Nass selbst als im Sommer alles zusammengetrocknet war, der Feldnachbar spritzte mit seinem Spritzmittel immer zu uns in die Koppel, sodass ich die Pferde immer 6 Wochen nicht hin lassen konnte bis das Gift weg war, er ließ auch nicht mit sich reden.

Die Nachbarn oben bei der Einfahrt, waren völlig gestört, als wir die näher kennenlernten, zeigten sie uns ihre ganzen Waffen und militärischen Sammelgegenstände und waren ein wenig verrückt, so verrückt, dass der Nachbar alle paar Tage in Militäruniform mit vollbeladener Waffe am Balkon hin und herging. Irgendwie wurde das ganze echt verrückt dort. Der Platz in den Gebäuden wurde immer weniger, die Tiere fühlten sich nicht wohl und wir bemerkten immer mehr Dinge, die uns am Anfang nicht aufgefallen sind.

Nach eineinhalb Jahren, waren es nun so viele „Kleinigkeiten", dass wir ernsthaft überlegten nach einem anderen Hof Ausschau zu halten.
Ich war schon immer der Meinung, wenn etwas mehr Verdruss als Freude bringt gehört es nicht zu einem und das sah zum Glück meine ganze Familie so.

In der Zwischenzeit näherten sich meine Schwester und ich wieder an. Irgendwann hatten wir sogar ein relativ gutes Verhältnis. Wir beschlossen also endgültig den Hof zu verkaufen, da wir uns wirklich sehr unwohl fühlten und die Arbeit gefühlt immer mehr wurde und wir nur am reparieren waren.

Wir überlegten wie wir das ganze anstellen würden.

Normale Menschen würden erst was Neues kaufen und dann das alte Verkaufen, wir machten das anders herum, was hatten wir schon zu verlieren, wir dachten einfach, zur Not würden wir die Pferde einstellen und ein kleines Häuschen für uns Vier und die Katzen und Hunde würden wir auf alle Fälle finden.

Also erzählten wir Freunden und Bekannten, dass wir was Größeres suchen würden, aber in der Nähe bleiben wollten.

Wir wurden sehr belächelt, ja schon eher ausgelacht und für verrückt erklärt für unser Vorhaben. Aber uns war das egal, wir wussten, wenn es so sein soll wird ein neuer Hof kommen. Mit diesem, ja blauäugigem Optimismus, gingen wir in das Abenteuer und ließen uns nicht abbringen von unserem Vorhaben.

Wir stellten den Hof zum Verkauf ins Internet und es meldeten sich innerhalb einer Stunde 32 Leute, die sofort zur Besichtigung kommen wollten. Die Dritten, die am Selben Tag noch kamen, machten uns sofort eine Zusage und legten uns am nächsten Tag bereits die Finanzierungsbestätigung auf den Tisch.

Wir machten einen Notartermin aus. Es war Mai, bis 15. Oktober gaben wir uns Zeit was neues zu haben. Wir waren weiter optimistisch und hatten, woher auch immer, das Vertrauen, dass sich das Ganze schon regeln würde für uns.

Das heißt jetzt nicht, dass das jeder so machen sollte. Nur für uns war es scheinbar richtig.
Wobei ich schon glaube, dass es generell richtig ist, sich auf sein Bauchgefühl zu verlassen.

Es dauerte nicht lange, da hat uns ein Nachbar darauf hingewiesen das 5 km weiter von uns, ein Hof leer steht, wir fuhren also mal zum Schauen.

Dort angekommen fanden wir die Lage eigentlich ganz gut, der Hof lag alleine direkt am Waldrand. Es war ein Vierseithof, mit zwei weiteren Nebengebäuden, Platz war also genug, die nächsten Nachbarn waren auch weit genug entfernt. Der nächste Schritt war also raus zu finden, wem das Ganze gehört, aber das war auch schnell erledigt.

Wir haben uns bei den Verkäufern gemeldet und konnten nun den Hof besichtigen. Die Gebäude waren so weit auch ganz gut beieinander, nur das Wohnhaus musste kernsaniert werden. Wir gaben unser Gebot ab und verblieben so, dass sich die Besitzer melden, sobald sie eine Entscheidung getroffen haben. Das dauerte aber wirklich lange, irgendwann kam der erlösende Anruf, dass sie sich für uns entschieden hätten, der

Anruf kam deshalb so spät, weil sie unsere Nummer nicht mehr gefunden haben.

Dann lief es wieder wie geschmiert, bis dann der Kaufpreis bezahlt wurde und wir endlich die Schlüssel hatten, hatten wir noch 4 Wochen Zeit den Strom in allen Gebäuden neu zu verlegen, im Haus das Bad neu zu machen sowie alle Wasser und Abwasserleitungen, alle Räume zu weißeln, und neue Böden zu verlegen. Pünktlich zum 13. Oktober waren wir fertig für den Umzug und dafür hatten wir noch 2 Tage.

Am 15. Oktober war der alte Hof leer und der neue Hof eingerichtet, zumindest mal so weit es ging. Es war verrückt, was wir in 4 Wochen bewerkstelligt haben. Man muss dazu sagen, dass wirklich alles wie am Schnürchen lief, es ging so leicht als würde es wirklich so sein sollen, dass wir dorthin kommen. Auch hier richteten wir uns wieder nach und nach schön ein, es war schon toll so ganz abgelegen zuwohnen. Es war zwar noch einiges zu renovieren, doch das kannten wir ja schon.

Meine Schwester kaufte sich inzwischen ein Pferd und stellte es zu ihrer direkten Nachbarin. Dort war natürlich auch jeden Tag alles ganz schlimm, auch ihre Beziehung nahm nun eine komische Wendung an. Laut ihren Aussagen kiffte er wohl relativ oft, schrie sie an, beleidigte sie usw.

Eigentlich waren es immer dieselben Geschichten. Und jedes Mal wurde es noch schlimmer, zumindest erzählte sie es jeden Tag dramatischer.
Wir rieten ihr immer dasselbe, sie sollte sich von ihm trennen, wenn er sie wie Dreck behandelt.

Doch sie sagte, sie wäre abhängig von ihm und sie könne sich nicht vorstellen, wie sie es schaffen sollte alleine mit zwei Kindern.
Doch nach ihrer Trennung von ihrem Mann hatte sie ebenfalls alleine gewohnt mit ihren zwei Kindern und das hat sie besser geschafft als zuvor mit ihm.

Aber das wollte sie nicht hören, denn sie liebte ihn ja auch noch so sehr. Das Theater ging bis eine Woche vor Weihnachten, dann rief sie an wir sollten sofort mit Pferdeanhänger kommen, sie ihre Kinder ihre, Katze, Hund und ihr Pferd holen, denn sie habe sich endgültig getrennt, weil er so schlimm ist und sie wolle sofort ausziehen. Wir fuhren also die Stunde zu ihr, packten ihre Kinder, ihre Tiere und sie ein. Samt ihren Klamotten und fuhren zu uns. Hier angekommen, stellten wir ihr Pferd zu den unseren. Das klappte ganz gut und wir richteten ihr zwei Zimmer her.

Es drehte sich nun den ganzen Tag nur um ihren Freund und sein Verhalten und wie es denn nun weiter gehen könnte. Sie meldete bei uns ihren Zweitwohnsitz an und wir wollten ihr die freie Wohnung bei uns am Hof über dem Stall herrichten.
Wir bestellten auf ihren Wunsch hin neue Fenster und eine neue Haustüre.

Doch das hätten wir uns sparen können.

Sie telefonierte fast täglich mit ihm und er heulte sie voll er würde nun alles anders machen. Nach einer Woche zog sie mit ihren Kindern, Hund und Katze wieder zurück zu ihm. Wir feierten dann bei uns alle zusammen Weihnachten und mussten einen auf heile Familie machen. Natürlich ihr zu liebe, denn ihr Macker sollte sich ja bei uns nicht ausgeschlossen fühlen.

Er hielt sich immer für was Besseres und das lies er uns auch immer deutlich spüren. Nur sie checkte das nicht. Er war Polsterer und angestellt. Sein Chef gab ihm die Chance, teilweise selbstständig zu arbeiten und dabei hielt er sich für den größten Geschäftsmann, stattdessen war er nur der kleine Schatten eines wirklichen Geschäftsmannes. Na ja, man soll Menschen in ihrem Glauben lassen.

Wenn man mit ihm sprach, dann war immer sein Mund halb offen. Irgendwie sah es so aus, als würde hinter seinen Augen nichts mehr kommen. Aber wir mussten ihn alle toll finden. Das ging dann ganze zwei Monate bei den beiden gut, dann kam sie wieder. Gleiches Theater. Diesmal natürlich endgültige Trennung. Das dauerte 3 Tage, dann ging sie wieder zu ihm.

Und das dritte Mal, sollten wir sie wieder holen. Doch wir rieten ihr erst mal eine Nacht darüber zu schlafen. Und am nächsten Morgen, siehe da, wieder heile Welt. Sie nervte einfach nur noch. Keiner von unserer Familie konnte mehr. Alles blieb auf der Strecke. Nur wegen ihrer Unfähigkeit selbstständig zu leben und ihrer Abhängigkeit, einem drogensüchtigen, möchtegern Geschäftsmann hörig zu sein. Nach weiteren zwei Monaten holte sie ihr Pferd zu sich und das Theater war endlich vorbei.
Ich sagte ihm und ihr meine Meinung. Darauf erwiderte er nur, dass er sich von jemanden wie mir Nichts sagen ließe. Wahrscheinlich kapierte er einfach den Inhalt nicht weil sein Hirn nicht mehr aufnahmefähig war und sie hörte nur wieder was sie hören wollte.

Und zwar nichts. Sie verstand nicht, weshalb ich so wütend, war wieso ich schon wieder, wie sie es sagte spinnen würde. Es wäre doch alles in Ordnung, wäre doch alles gut, aber nichts war gut.

Sie hat meiner Familie und mir den letzten Nerv geraubt. Sie hat uns alle Kraft und Energie genommen und machte uns dann Vorwürfe, dass wir sie nicht verstehen würden. Das ganze ging soweit, dass sie meinen Freunden, unseren Bekannten und jeden den sie traf, erzählte wir hätten sie der Familie verstoßen, weil sie bei uns nicht einzog und nicht finanziell und mit ihrer Arbeitskraft unterstützte.

Nach kurzer Zeit kamen von ihren und meinen Freunden Sprachnachrichten und Anrufe, ob das wirklich stimmt. Nach der Aufklärung haben wir nur von allen die gleichen Sätze gehört. „Wir kennen sie ja, die Dramaqueen. Wir dachten uns schon, dass es anders lief, aber sie mal wieder ihre Show abgezogen hat, um Aufmerksamkeit zu bekommen".

Manche Freunde haben auch ihr geglaubt und sind auf den Dramazug Aufgesprungen.

Aber dann war das auch richtig so. Solche Leute brauche ich nicht in meinem Umfeld.

Im letzten Jahr musste ich viel lernen. Einerseits, wem man wirklich vertrauen kann und wem nicht. Dass auch Menschen, die man schon lange kennt, scheinbar oft doch nicht so gut kennt, wie man glaubt. Dass jeder Mensch manipuliert werden kann. Dass Familie nicht gleich bedeutet, dass man blutsverwandt ist, dass ich mir selbst am meisten vertrauen kann und dass man Menschen, die sagen du kannst mir vertrauen, man am wenigsten trauen sollte.

Im Endeffekt habe ich festgestellt, dass es zwei Arten von Menschen gibt. Kopf- und Herzmenschen.

Ein Herzmensch kann zum Kopfmenschen werden, doch andersrum habe ich es noch nicht erlebt.

Ich habe für mich entschieden, nur noch Herzmenschen in mein Leben zu lassen, von denen ich nicht runter reduziert werde, die nicht sagen, dass sie immer für mich da sind, sondern wenn es mir schlecht geht vorbei kommen und wirklich für mich da sind.

Ich habe gelernt, dass meine Angst und Panikattacken mir nicht schaden wollen, sondern dass sie mir nur aufzeigen, dass gerade etwas verkehrt läuft und ich von meinem Weg abgekommen bin.

Und ich bin dankbar, dass alles so gekommen ist, wie es war.
Die Erleichterung, seit dem meine Schwester nicht mehr in meinem Leben ist, ist groß. Nicht falsch verstehen, sie wird ihren Platz in meinem Herzen haben sowie auch ihre Kinder.

Aber sie haben einen Weg voller Lügen eingeschlagen und die übermäßige Liebe zum Materiellen. Allerdings ist das nicht mein Weg, doch das ist auch in Ordnung. Es hat lange gedauert um Frieden zu finden, mit Allem was je zwischen meiner Schwester und mir passiert ist, aber jetzt fühlt es sich richtig an und zwar Alles. Sogar ihre Lügengeschichten, denn erst dann hatte ich die Chance ihr auf allen Ebenen zu verzeihen.

Und das ist der Schlüssel um Frieden zu finden.

Verzeihe als Erstes dir selbst und dann den Menschen, die dir Schaden zugefügt haben. Auch wenn diese Menschen noch so hasserfüllt sind, liebe sie, denn dann können sie dich nicht mehr verletzen. Und irgendwann wirst du nur noch Neutralität für diese Personen empfinden und dann weißt du, jetzt ist die Geschichte vorbei und du kannst neu beginnen.

Danksagung

Ein ganz besonderer Dank gilt meinem Ehemann, der mir von Anfang an die Chance gab, mich so kennenzulernen wie ich wirklich bin, der hinter meine Fassade schaute und mich überall unterstützt hat und wenn die Idee auch noch so blöd erscheint. Er stärkt mir immer den Rücken. Ich bedanke mich bei meiner Familie, die mich auf allen Wegen unterstützt, bei all den Menschen in meinem Leben die mich mit dem Herzen sehen und mich wirklich kennen. Ich bin dankbar für die Erfahrungen in meinem Leben, die mich zu dem Menschen gemacht haben, der ich heute bin. Ich bin dankbar meinen Lebensweg gefunden zu haben, der mich glücklich macht. Und ich bin dankbar, mein Zuhause in meinem Herzen gefunden zu haben, denn wenn du in dir selbst zuhause bist, kannst du überall zuhause sein.